SALTO

Franzosen gelten nicht nur als besonders galante und geistreiche Liebhaber, sondern sie erweisen sich auch, wenn sie erotische Geschichten erzählen, als scharfsichtige Voyeure.

In Erzählungen aus den letzten Jahren, von denen viele hier zum erstenmal übersetzt sind, erfahren wir von den französischen Möglichkeiten der Liebe: Im passenden und unpassenden Alter. Als Trio. Als Wunsch, Wille und Vorstellung. Als Dienstleistung, Not, Eifersucht, Eheglück und Urlaubskürzel.

Geschichten zum Trost oder zur Warnung, als Erinnerung oder Inspiration. Sie eignen sich als Begleiter in allen Lebens- und Liebeslagen. Und im Schlafwagen nach Paris.

Wüst ist auch schön!
Französische Liebesgeschichten

Zusammengestellt
von Ludger Jorißen

Verlag Klaus Wagenbach
Berlin

Inhalt

Neun kurze Liebesgeschichten von
Jacques Jouet
am Fuß von neun Seiten widersprechen den vorausgegangenen oder stimmen ihnen zu.

Robert Pinget

Die Gurken

Es war einmal ein junger Gurkenschwengel, aber leider, leider, kein bißchen sympathisch. Er räkelte sich in der Sonne. Er war schon fast goldbraun. Der erste am Strand, der letzte, der ihn verließ. Er blies sich auf, die Augen halb geschlossen, mit herausforderndem Stiel. Die Gurkinnen waren ganz verrückt nach ihm. Er hatte so eine Art, sich an sie heranzuschlängeln, sich an ihnen zu reiben... Und dabei riesige Adern. Er war einfach der Schwarm des ganzen Strandes. Die grünen Bohnen vertrockneten vor Sehnsucht. Die Schwarzwurzeln starben kiloweise. Bald gab es auf dem Markt des kleinen Badeortes nur noch Gurken. Vom Erfolg ihres Artgenossen angestachelt, sprossen sie nur so. Polizeimaßnahmen mußten ergriffen werden, um die Ausbreitung zu regeln. Trotz des Erlasses eroberten die Gurken das ganze Land. Man sah sie überall. Sie erkletterten die Balkone und erdrückten dabei die Kapuzinerkresse; sie füllten die Badewannen, sie verfaulten in den Wäschekörben.

»Mein Gott«, sagte sich eines Tages Mademoiselle Chantal, »ich muß mein Leben ändern. Morgens Gurken essen, Gurkenpastis trinken, mit Gurken scheuern.« Und wirklich, sie paßte sich an. Wahnsinnig, wie abhängig man von einem guten Gemüse werden kann. Chantal ging schwanger mit einer Gurke und kam nieder. Der Bürgermeister, von einem Gerichtsschreiber unterstützt, nahm das Protokoll der Entbindung auf. Er traute seinen Augen nicht: Chantal auf ihrem Leidensbett war ganz aus Gurkenblättern, Gurkenblüten und Gurkenfrüchten.

In der Schule gab es ein großes Gaudium. Kinder sind ja so schlau. Die kleinen Mädchen brachten, wenn sie aus der Schule kamen, die alten Damen zum Erröten: Sie ließen unter ihren Röckchen Gurkenschwengel hervorgucken und lutschten sie den ganzen Tag.

Von den Buben gar nicht zu reden. Die erfanden ein neues Spiel: die Kapuzengurke. Mit Sprengstoff geladen und in eine Gummihülle gesteckt, wirft man sie nach einem Vorübergehenden, und sie explodiert. Hält die Kapuze, hat man gewonnen, hält sie nicht, verloren.

Der Herr Pfarrer mußte eine Predigt über die Gurken halten. Das gab einen schönen Skandal, obwohl er sich auf die etymologische Analyse des Wortes beschränkte.

Aber glauben Sie etwa, der Schuldige, der erste, der am Strand, wäre irgendwie belangt worden? Keineswegs. Man ließ ihn den ganzen Sommer über sein Unwesen in der Sonne treiben. Es ist also sehr wahrscheinlich, daß er im nächsten Sommer wieder damit anfängt.

Jacques Jouet

Ihre ganze Kindheit hatten sie Seite an Seite gelebt. Sie waren Cousin und Cousine. Und größer geworden, hatten sie sich nie näher für irgend jemand anderen interessieren können. Dann hatten sie einander wiedergefunden und geheiratet, gegen die beiden Zweige der Familie, die es nicht guthießen.

Sie haben ohne Nachkommenschaft gelebt, derart zufrieden und durchsichtig, daß man vollkommen vergaß, daß ihre Liebe eine Affäre war.

Georges Perec

Abschnitt, darins Rückhalt und Zustimmung fürn Dollarkurs ($) gibt

Das, was nun folgt, trug sich n Jahr darauf zu, sagt Augustus und fuhr fort. Albins Opiumabsatz und -umsatz war fulminant, so daß Albin noch und noch Gold rafft. Paschaähnlich sitzt Albin nun im Bordj und haust dort in Saus und Braus. Doch da kam Albin zu Ohr, daß Anastasia, n Hollywood-Star, ganz nah von ihm vorm Camera-obscura-Apparat stand und n Film macht. Nun war nach Albions Rückzug aus Ungarn und aus Albins Land n Angriff auf Albion zwar so gut als nicht möglich, doch in Albins Brust wühlt und glüht nach als vor Haß auf Anglo-Saxons, Amis und sogar Portoricanos. Also plant Albin n Strafzug ins Tal, wo Hollywoods Mannschaft im Camp haust.

Ingrimmig schnappt sich Albin das Knallrohr, n Bazooka, Schußbaumwoll, Napalm, Dynamit und Munition, sucht sich dann n Kumpan aus, dort n Kumpan, fünf an Zahl, Mann für Mann kaltblütig und tollkühn, mutig und blutrünstig, und zog nun davon, Hoffnung im Bauch, daß im Kampf Zorn und Wut sich langsam und allmählich abkühlt.

S war schon Nacht, als Albin ankam. Juni strahlt azurschwarz. Am Tag wars zwar ganz schön warm, und auch zur Nacht wars anfangs noch mild, doch schon kündigt sichs polarkalt an.

Albin sah, daß aufm Hochmassiv n Filmstudio stand und nur n paar Schritt davon nochmals zwo. Doch das Biwak, darin man wohnt, war am Strand, also n gut Stück ab vom Hochlandmassiv. Man schläft dort in fünf Wohnautos, Anastasia und ihr Troß in Nr. zwo. Im Studio, das sah Albin sofort, gings ganz schön rund, man nahm nämlich grad was fürn Film auf, und das ist, als macht man Sauna, das Scriptgirl schwitzt und stöhnt, vom Tonmann und vom Fotograf hört man Fluch auf Fluch, man sucht nach m Statist, wo natürlich nicht da ist, sobald man ihn braucht. Albin schickt also n paar Mann dorthin und sagt, daß man möglichst Mann und Maus umbringt und nichts übrigläßt, daß man das Biwak kurz und winzig schlägt. Dann ging Albin zum Fahrbungalow, wozu man auch Wohnauto sagt, darin Hollywood-Star Anastasia schläft.

Albin drang in das winzig Boudoir, das höchst galant wirkt und wos pricklig nach Amour aussah: Sofas und Diwans, samtig und sinnlich, Isphahans, ganz flauschig und mit Mattglanz, doch matt aus Sophistication (auch son Ami-Ausdruck) und nicht ausm Anflug von Scham und Zurückhaltung. Lasziv war das Parfüm, das im Raum lag. N Lampion gab Licht, doch so schwach nur, daß das Boudoir schummrig war.

Albin ging im Boudoir auf und ab; sah dann n Baldachin aus Brokat und duckt sich dort so hin, daß man ihn nicht sah. Dort hält sich Albin kurz auf und saugt sich voll vom narkotisch Duft, wo im Raum ist, bis Albin fast in Ohnmacht fällt.

Dann taucht Anastasia auf. Anastasia warf ihr Kimono aus schwarzgrau Organdy ab, zog Pumps und Strumpfhos aus, wo ihr durchsichtig vom Bauch bis zum Fuß ging, und stand dann quasi nackt da, da Anastasia sonst nichts trug als ihrn Goldschmuck mit Topasdiamant. Darauf wirft sich Anastasia aufs Sofa, stöhnt wollüstig auf und schnurrt katzig vor sich hin.

Lang stand Albin stumm und starr vor ihr, sah sich das göttliche Panorama an, das Star Anastasia ihm bot.

Sanft und üppig lag ihr Korpus vor ihm, wandt sich lasziv und gab ihm Inspiration zu Tun, das ihm im Normalzustand kaum in n Sinn käm.

Ihr Korpus, skulpturähnlich, bot sich dar, nackt, ruhig und satt, und wühlt ihn auf, rührt ihn an, schürt ihn. Im Kontrast zur Obskurität im Raum war ihr Korpus ganz blank, nur das Haar war schwarzblau, indianisch fast.

Anastasias Haut, vom Mons pubis bis zum Hals, war rosigmatt und glänzt doch im Spätlicht.

Albin sprang auf, Glanz im Aug. Albin hat plötzlich was vom Pan und vom Satyr an sich.

»Oh, Anastasia«, röhrt Albin und glüht vor Inbrunst und Lust, »Cupido zwingt mich dazu, falls das nicht Amor ist!«

Darauf packt ihn Inspiration, und sofort, quasi ausm Hohlbauch raus, macht Albin n Laich, worin Albin, ganz im Traditionsstil vom *Canticum Canticorum Salomonis,* Anastasias Korpus mit all Drum und all Dran hoch rühmt:

Oh Anastasia, ihr Korpus ist n Schiff, darauf ich willig führ, ist Sloop und Schlauchboot auch, wohin ich stürmisch dräng,

N Fort ist Anastasias Stirn, n Fort auf das ich stürm, ist Bastion, ist Glacis und bricht, sobald ich komm,

Ihr Ohr n Kardium, n Spaltnapf, Tritonshorn, darin von Windung ich zu Windung lauf und lauf,

Ihr Aug als wärs Azur, strahlt blau und stolz mich an und macht mich schwach, mich Narr,

Ihr Mund, Triumph von rot, schmollt kirschförmig mir zu, ich träum sofort vom Kuß, wo son Mund mir gibt,

Ihr Hals, so stolz und blank, Kasbah aus Talk und Diamant an Stock und Stab, lockt zur Strangulation,

Und Anastasias Brust, Landschaft so rund und voll, wo Milch und Honig flöß, ist Labsal mir und Rast,

Ihr Arm, Schild, Aufzug auch, für Amor Anhaltspunkt, umschlingt so stahlhart mich, daß ich daran fast stürb,

Anastasias Hand huscht, fünffingrig Dämon, zart und sacht auf mir dahin, bringt mich zum Wahnsinn fast und jagt mich plötzlich hoch,

Ihr Bauch, n Pfuhl, n Moor, ist Sofa, Littoral, ist flach und ist n Tal, das doch auch hüglig ist und aufbäumt sich vor Lust,

Ihr Flaum, so zart und dicht, wächst blond fast aufm Bauch, und fällt darauf das Licht, kommt sinnlich Lust mich an,

Ihr Haar, schwarzblau und glatt, und glänzt, als wärs voll Öl, und röch ich dran, wärs Ambraduft, was ich da fänd,

Ihr Antlitz ist fast Milch, harmonisch schön im Schnitt, ich schau und schau mirs an, Faszination mich packt,

Ihr Schoß, darin so oft im Traum ich wühlt und wühlt, ist Tür, wo zu zwar noch, doch sichtlich nicht für lang,

Ihr Schamhaar, goldig glänzts, obwohl doch gänzlich schwarz, ich sucht gar lang danach, gut zwanzig Jahr und noch, ihr Schamhaar, göttlich Mons pubis und Amors Bart,

Wald ists für mich, ganz dicht, falls man das Bild mir billigt, dahin flöh ich gar oft, wärs möglich nur für mich,

Ihr Arsch, Frucht, wo schon Adams Fall, ist rund und hold, nußförmig fast und süß,

Ihr Spalt, ihr Lotosspalt, ihr Duftspalt, ach, ihr Spalt, darin nur Rausch man spürt, Spalt, wo mich ansaugt und sobald nicht los mich läßt, oh ihr Nirwanaspalt, ihr Spalt, wo Tod so süß, oh Spalt, woraus ich kam, und Spalt, worin ich starb, gar oft und zigfach schon, darin ich ständig Lust find,

Ihr Knopf, woran man stirbt, ihr Knopf als Schlußbastion, wo ich mich auflös, wo das Nichts ich such und find, in Nacht und Ohnmacht dann, wo Schicksal sich vollfüllt, uns dicht an dicht dann bringt!

So sang Albin. Dann zog sich Albin rasch von Kopf bis Fuß aus, macht n Satz und ist schon aufm Star.

»Was!« ruft Anton Voyl, »das ist ja Unzucht und Violation! Das ist ja unsittlich und unanständig!« (Anton Voyl war damals noch nicht zwanzig alt und wuchs im puritanisch Klima Irlands auf mit Kommunion und Konfirmation und wurd fast Mönch.)

»Nicht doch«, lacht Augustus, nicht Unzucht wars und auch nicht Violation, da Star Anastasia sich Albin willig hingab, ihn als Mann ansah, wo Gott ihr schickt, und halblaut sagt, als Albin *ad limina apostolorum* in ihrn Spalt dringt:

»Ich war schon wahnsinnig lang scharf aufn Brigant, aufn Bandit, aufn Strolch!

Folgt dir Polyp und Staatsmacht nach und vor?«

»Und ob«, macht Albin.

»Böt man Gold dafür, daß man dich raubt?«

»Olala«, macht Albin.

»How much?« fragt Anastasia.

»Zwo Million Hrivnas.«

»How much is that in Dollars ($)?« hakt Anastasia nach.

Da n Dollar achtundzwanzig Hrivnas ist, fängt Albin sofort mit Kalkulation an, wo natürlich nur approximativ ist, und schaut dann zur Vorsicht noch mal im Tagblatt nachm Kurs vom Tag.

»Thirty-six thousand«, sagt Albin großspurig und gibt damit auch noch an.

»That is a lot«, staunt Anastasia.

Dann gibt sich Anastasia hin, blickt ihn anzüglich, fast schlüpfrig an und haucht dann, an Ohnmacht nah:

»Für mich bist du Don Juan, Casanova, Valmont und auch Göttlich Marquis!«

Das war, als böt sich Virginia Mayo Richard Widmark an, Joan Crawford Frank Sinatra, Rita Hayworth Kirk Douglas, Kim Novak Cary Grant, Anna Magnani Randolph Scott, Gina Lollobrigida Marlon Brando, Liz Taylor Richard Burton, Ingrid Thulin Omar Sharif.

Doch war das, was Anastasia sagt, nur n Script, das das Kind vormals mal fürn Film paukt? Wars wirklich wahr, was da im Satz Anastasias mitschwang?

Nun, im Grund war das völlig unwichtig. Was sich da nämlich tat, was da an Passion hochkam, an Lust und Glut, war so großartig, daß man sich fragt, obs schon mal n Duo gab, das so galant, n Paar, das so lasziv, n Kampf, wo so libidinös war.

Doch als dann, ähnlich Apoll, wo sich Iris fängt, Adonis, wo Calypso schnappt, Antinous, wo Aurora raubt, Albin zum Schluß mit Anastasia schläft und vor Lust fast umkommt, da griff Albins Gang, ganz nach Albins Wunsch, das Filmstudio an und jagts kurzhändig luftwärts. Aufruhr und Brand durchglüht Nacht und Obskurität und macht wahnsinnig Krach. Das war fast, als wär Walpurgisnacht. Zunächst schnallt man nicht richtig, was da los ist, man tat grad was, das wichtig war, man las, man lag im Schlaf, und nun läuft man drauflos, brüllt und plärrt und ängstigt sich. Man starb nur so dahin, durch Brand, durch Schuß, durch Stich, durch Schlag, das war grad so, als ob Satanus durchs Tal käm und mit sich nähm, was ihm im Pfad stünd.

Doch trotz m Tohuwabohu, das nun aufkam und kolossal war, läßt solch Schandtat das brünstig Paar, das nur auf Lust sinnt und Mord sichtlich in Kauf nimmt, völlig kalt.

So kams, daß Albins Mafia-Gang nachm Mord ruhig, und als ob nichts wär, ins Bordj zurückging, doch Albin fortfuhr, das zu tun, was für Voyl, man sahs, Unzucht ist, und so gurrt Albin nach und vor, wälzt sich auf Anastasias Bauch und schläft mit ihr bis zur Früh.

Das ging fast fünf Tag so. Dann gab Anastasia Kuß und Koitus mit Albin auf, läßt ihn von da an nicht an sich ran, da ihr plötzlich klar ward, was zu tun ist, nämlich zum Filmboss hin, wo ihr mordsmäßig Gold und Koks gibt, damit n Film mit ihr kommt, und da nun mitzutun, da Anastasia laut Kontrakt dazu im Land ist.

Anastasia riß sich also los und ging zum Filmtrupp zurück, doch da gabs nicht Studios noch Produktion, noch Film, nichts. Anastasias Filmboss war tot, ihr Filmtrupp war tot, ihr Troß war tot. Und was Filmausrüstung anging, futsch! Nagra, Paillard, kurzum, Autos völlig kaputt; das Filmstudio nur noch Schutt und Abfall und das Tonstudio auch. Das Chassis brandschwarz, Draht schmolz dahin, das Rohr aus Glas schmort durch, Dolly sah nach Hajdu aus, wo sich mal von Nahum Gabo, mal von Baldaccini Inspiration holt.

Anastasia war also ihrn Job los. Das ging ihr so nah, daß Albin ihr nicht Trost noch sonstwas war. Darum ging Albin fort und läßt das Kind im Campingauto. Doch zuvor sagt Albin noch zu ihr und flößt ihr schon durch Ton und Blick Angst ins Hirn:

»Falls du Mama wirst (und Albin ging davon aus, daß dann das Kind nur von ihm ist), als Frucht von Lust und Spaß, wo mich fünf Tag an dich band, tauf ihn nach mir, das sonst, bin ich mal tot, mitn Mavrokhordatos aus ist und Fluch und Dammnis für mich dann fort- und fortwährt!«

Eric Rohmer

Liebe am Nachmittag

Prolog

Es ist acht Uhr morgens. Ich bin im Begriff, mich auf den Weg zu machen. Ich ziehe meinen Regenmantel über. Ich gehe ins Schlafzimmer, um ein Buch vom Nachttisch zu nehmen. Im Nebenzimmer hört man ein Kind »Mama!« rufen. Ich bleibe vor der Tür zum Badezimmer stehen und klopfe leicht an: »Hélène!« »Komm herein«, sagt meine Frau. Durch die geöffnete Tür sieht man sie nackt, von hinten, sie steigt aus der Badewanne. Sie greift nach einem Badetuch und rollt sich darin ein, wobei sie sich mir zuwendet: »Gehst du? Wiedersehen«, sagt sie und hält mir ihre Wange hin. »Entschuldige«, sage ich, »aber heute morgen habe ich viel zu tun. Ariane weint: ich laß sie trotzdem allein.« »Laß nur, ich kümmere mich drum.« Ich greife Hélène um die Taille und streife mit meinen Lippen über ihre feuchte Schulter. »He... Du machst dich naß!« sagt sie. »Macht nichts, ich hab meinen Regenmantel an!«

Wir wohnen in einem westlichen Vorort, eine halbe Stunde entfernt vom Bahnhof Saint-Lazare. Auf dem Bahnsteig sind um diese Zeit viele Leute. Noch mehr aber im Zug. Wir stehen so dicht gedrängt, daß ich Mühe habe, mein Buch aus der Tasche zu holen.

Im Zug ziehe ich ein Buch der Zeitung um vieles vor, nicht nur, weil das Format bequemer ist. Die Zeitung führt mich zu wenig aus dem alltäglichen Leben hinaus. Gegenwärtig begeistere ich mich für Reiseberichte. Mein Weg am Morgen und am Abend entspricht in etwa dem Umfang an Lektüre, den ich gerne ohne Unterbrechung auf mich nehme.

Abends, zu Hause, lese ich auch, aber andere Dinge. Ich liebe es, mehrere Bücher gleichzeitig zu lesen, jedes zu seiner Zeit und an seinem Ort, und alle führen mich von dem Ort und aus der Zeit, in denen ich lebe. Aber ich könnte nicht lesen, wäre ich allein in einer Zelle mit kahlen Wänden:

ich brauche körperliche Nähe um mich. Als ich studierte, konnte ich mich, außer zur Arbeit, nach dem Essen nicht in meinem Zimmer aufhalten. Jetzt gehen Hélène und ich wenig außer Haus. Sie ist Englischlehrerin am Gymnasium in Saint-Cloud, und abends bereitet sie ihre Stunden vor oder korrigiert Arbeiten. In Gedanken manchmal tausend Meilen von ihr entfernt, ist mir doch das Gefühl ihrer physischen Nähe um so angenehmer ... Warum war ich, angesichts der Unzahl möglicher Schönheiten, gerade für ihre Schönheit empfänglich gewesen? Das ist es, was ich nicht mehr genau weiß. Sehe ich heute eine Frau, so gelingt es mir nicht mehr, sie auf Anhieb unter die Auserwählten oder die Ausgeschiedenen einzuordnen. Nicht nur, weil ich nicht mehr die gleiche Sicherheit im Geschmack habe, ich sehe auch nicht mehr, auf welche Kriterien sich mein Urteil stützte, worin »dieses Etwas« bestand, was jede Frau, um mich anzuziehen, unfehlbar besitzen mußte und das ich im ersten Augenblick entdeckte.

Seit ich verheiratet bin, finde ich alle Frauen hübsch. Selbst ihren alltäglichsten Beschäftigungen messe ich jenes Geheimnis bei, dessen ich sie früher fast alle entkleidet hätte. Ich bin neugierig auf ihr Leben. Was wäre passiert, wenn ich diese junge Frau vor drei Jahren getroffen hätte? Hätte sie meine Aufmerksamkeit auf sich gezogen? Hätte ich mich in sie verlieben, ein Kind von ihr wünschen können?

Ich gehe mit der Menge, die den Bahnhof Saint-Lazare verläßt und sich in die anliegenden Straßen verläuft. Ich liebe die Großstadt. Die Provinz und die Vororte bedrükken mich. Und trotz des Durcheinanders und des Lärms verdrießt es mich nicht, in der Menge mitzuschwimmen. Ich mag die Menge, wie ich das Meer mag, nicht um unterzutauchen und mich zu verlieren, sondern um als einsamer Wellenreiter auf ihrer Oberfläche zu treiben, scheinbar ihrem Rhythmus folgend; aber nur, um meinen eigenen besser aufzunehmen, sobald der Strom abbricht oder erlahmt. Wie das Meer regt die Menge mich an und begünstigt meine Träumereien. Fast all meine Gedanken kommen mir auf der Straße, selbst die, die meine Arbeit betreffen.

Mit einem Freund habe ich eine Kanzlei eröffnet, deren Sitz in der Rue de la Pépinière ist, ein paar Schritte vom Bahnhof entfernt. Sie umfaßt drei Räume: ein Sekretariat, mein Büro und das meines Kompagnons Gérard.

Als Fabienne, eine der beiden Sekretärinnen, kommt, bin ich hinter der Schreibmaschine und tippe einen dringenden Brief. Sie entschuldigt sich, zu spät zu kommen. Ich sage, daß ich zu früh dran sei. Sie will mich ablösen. Ich erwidere, daß ich den Text noch nicht recht im Kopf habe und ihr das Blatt zum Abschreiben geben werde, sollte es Tippfehler enthalten. Sie solle mir statt dessen ein bestimmtes Dokument aus dem Archiv suchen.

Während ich den Text weiter aufsetze, betrachte ich zerstreut, wie sie sich um die Akten kümmert. Sie ist ein hübsches, elegantes und gutgebautes Mädchen. Ihre physischen Qualitäten stehen ihrem beruflichen Wert in nichts nach. Wenn Gérard und ich auch diesem die erste Stelle einräumen, so sind uns jene doch nicht gleichgültig. Wir finden es anregend, unserer Arbeit in Gegenwart von jungen und hübschen Personen nachzugehen, selbst wenn wir uns ihnen gegenüber auch äußerst zurückhaltend benehmen. Das heißt jedoch nicht, daß ich jegliche Galanterie über Bord geworfen hätte. Ganz im Gegenteil. Die Tatsache, daß Fabienne für mich unerreichbar ist, und ich für sie, denn sie ist verlobt, erlaubt uns, innerhalb strenger Grenzen, ein kleines Spiel mit Lächeln und Blicken, das ich mir irgendeiner Matrone oder alten Ziege gegenüber schlecht vorstellen kann. Doch verlassen wir bei unseren Gesprächen selten den geschäftlichen Bereich. Alles, was ich von ihr und ihrem Leben weiß, entnehme ich den Telefongesprächen, die sie mit ihrem Verlobten führt, und von denen ich ganz unfreiwillig ein paar Brocken aufschnappe.

An diesem Morgen scheint es ein kleines Drama gegeben zu haben. Denn der Junge ruft an, kaum daß sie an der Arbeit ist. Sie antwortet etwas ungehalten, es gehe ihr gut, er solle sich beruhigen, sie sei nur etwas nervös, daß sie viel zu tun habe und er alle störe. Sie legt mit einem netten Lächeln in meine Richtung auf, ich setze das Tippen fort, das ich unterbrochen hatte, um sie nicht zu stören.

Um ein Uhr mittags unterbrechen die Sekretärinnen ihre Arbeit. Sie gehen hinunter ins Café. Gérard geht nach Hause: er wohnt in diesem Viertel. Ich arbeite bis zwei Uhr weiter, um das Gedränge in den Restaurants zu vermeiden. Außerdem esse ich im allgemeinen nicht richtig zu Mittag, sondern gehe zwischen zwei und drei in ein Lokal und begnüge mich mit einem kalten Gericht. Geschäftsessen lehne ich ab und lege, wenn möglich, meine Verabredungen auf den späten Nachmittag.

Ich sitze auf der Terrasse eines Cafés auf der Place Saint-Augustin und esse meinen Teller mit kaltem Aufschnitt zu Ende, als ein alter Bekannter vorbeikommt, dem ich von Zeit zu Zeit begegne: er arbeitet als Pressesprecher bei einer Firma im Viertel. Er entdeckt mich und kommt zu mir. Ich fordere ihn auf, sich zu setzen. »Neulich habe ich Gérard gesehen«, sagt er. »Es scheint, als gehe euer Geschäft gut.« »Sehr gut, fast zu gut: wir werden gezwungen sein, uns zu vergrößern; wir werden von der Bürokratie überschwemmt werden. Noch kann ich mir ein bißchen Phantasie erlauben, zum Beispiel zu arbeiten, während die andern essen gehen, und essen zu gehen, während sie arbeiten.« »Ich genauso!« sagt er lachend. »Theoretisch habe ich einen Zeitplan, aber ich bin nicht verpflichtet, ihn einzuhalten. Du glaubst privilegiert zu sein, dabei gibt es Tausende von Leuten in deiner Lage: sieh auf die Straße.« »Um diese Zeit«, sage ich, »sind es vor allem Frauen, Rentner …« »Da, das ist ein Vertreter …« »Oder ein Prof… oder vielleicht ein Geheimagent! Im Grunde beruhigt es mich«, sage ich, »ich mag es gern, wenn viele Leute in den Straßen sind, ganz gleich zu welcher Zeit. Das ist das Angenehme an Paris. Ich kenne nichts Finstereres als Nachmittage in der Provinz oder den Vororten!« »Kennst du auch die ›Angst vorm Nachmittag‹? Sogar in Paris fühle ich mich erst ganz wohl, wenn die Vier-Uhr-Hürde genommen ist: das ist wahrscheinlich wegen unserer blöden Gewohnheit, zu Mittag zu essen.« »Deshalb esse ich nicht zu Mittag und umgehe meine Angst, falls ich welche habe, indem ich Besorgungen mache.«

Ich schlendere durch ein großes Kaufhaus. Ich begegne vor allem Frauen, einige von ihnen sind sehr elegant. Ich laufe durch die Hemdenabteilung, schaue, kaufe aber nichts. Ich betrete einen anderen Laden und frage nach einem Rollkragenpulli. Ein hinreißendes Mädchen, das ich für eine Verkäuferin halte, das aber wahrscheinlich niemand anderes als die Inhaberin selbst ist, lacht auf meine Frage und antwortet, wobei sie mir direkt in die Augen schaut: »Nein, in Ihrer Größe habe ich nichts mehr, außer in Weiß und einem eher faden Beige. Kommen Sie nächste Woche noch einmal vorbei.« Ich will hinausgehen, als sie hinter sich einen Pullover greift und mir hinhält: »Sehen Sie, das ist nicht sehr hübsch und stünde Ihnen wirklich nicht!« Und, da ich mit den Augen das Regal überfliege: »Das da ist nicht Ihre Größe, und das dort unten, das sind Hemden.« Ohne mich zu fragen, breitet sie die ganze Kollektion auf dem Ladentisch aus: »Hier hingegen könnten Ihnen die Farben stehen. Das hier zum Beispiel.« Sie zieht geschickt eins aus dem Zellophanumschlag, entfernt die Stecknadeln und faltet es auf meiner Brust aus: »Das paßt sehr gut zu Ihrem Teint. Es betont die Farbe Ihrer Augen. Ziehen Sie es über!« »Also... ich sage Ihnen gleich, ich werde es nicht nehmen.« »Probieren Sie es trotzdem, nur um zu sehen!« Ich lasse mich sanft überzeugen und gehe in die Anprobekabine. Tatsächlich könnte man meinen, es sei für meinen Teint entworfen und nach meinen Maßen zugeschnitten. Am Preis ist auch nichts auszusetzen. Ich öffne den Vorhang, sehe die junge Frau etwas perplex an und überlege, was ich wohl einwenden könnte: »Der Kragen spannt ein bißchen«, versuche ich es schüchtern. Sie bricht in Lachen aus: »Aber nein, Sie haben eine Stecknadel vergessen!« Sie nähert sich mir, entfernt die Nadel, zieht das Hemd ein wenig nach unten und streicht mit ihren Fingerspitzen über den Stoff: »Das ist reines Kaschmir, sehr weich, sehr leicht, man braucht es nicht zu bügeln.« »Ich nehme es«, sage ich.

Die Uhr am Bahnhof Saint-Lazare zeigt sechs. Aus den anliegenden Straßen und der Metro strömt eine dichte und eilige Menge die Stufen hinauf und verteilt sich entlang der Bahnsteige.

Ich komme nach Hause. Ariane hat mich an der Tür gehört und ruft mich. Ich gehe in ihr Zimmer, wo ihre Mutter sie gerade zu Bett gebracht hat. Hélène bemerkt mein Paket: »Ich wette«, sagt sie, »das ist ein Pulli.« »Nein, ein Hemd. Ich fürchte, ich hab eine Dummheit gemacht. Ich zeige es dir lieber, wenn ich es anhabe.« Ich gehe ins Schlafzimmer, wo ich auf dem Bett eine Tüte aus ebendem Kaufhaus entdecke, in dem ich am frühen Nachmittag war. Während ich das Hemd anziehe, rufe ich zu Hélène: »Sag, warst du einkaufen? Wann denn? Wir hätten uns begegnen können. Merkwürdig, wir treffen uns nie!« Hélène bewundert das Hemd, befühlt es, reibt ihre Wange daran, während ich mit den Lippen ihre Haare berühre. Schließlich weicht sie aus: »Die Besorgungen haben mich aufgehalten, das Essen ist nicht fertig!« Ich folge ihr in die Küche, und während ich ihr helfe, Kartoffeln zu schälen, sage ich: »Du hast mich beruhigt, ich dachte, ich hätte mich beschwatzen lassen.« »Ich dachte, du wärst nicht so leicht zu beeinflussen!« »Ja, aber die Verkäuferin war sehr geschickt: sie tat so, als sei es ihr völlig egal. Das Hemd gefiel mir wirklich. Es war Liebe auf den ersten Blick: das passiert mir selten.«

Ich bin in meinem Büro. Fabienne öffnet die Tür: »Kann ich um halb eins gehen? Ich werde zum Essen abgeholt.« Ich bin einverstanden, und sie fügt hinzu: »Ach! Ich hab es Ihnen noch nicht gesagt, ich werde heiraten, diesen Sommer wahrscheinlich.« Ich gratuliere ihr und frage, ob sie daran denke, uns zu verlassen. »Nein, ich möchte gern bleiben. Mein Verlobter könnte mich zwar im Geschäft seines Vaters unterbringen, aber ich arbeite lieber selbständig. Im übrigen muß ich nicht arbeiten. Ich könnte es mir erlauben, zu Hause zu bleiben, aber das finde ich trübselig. Lieber leiste ich mir ein Hausmädchen und komme ins Büro.

Ich unterhalte mich in meinem Büro mit Gérard und einem Besucher in unserem Alter. Der geschäftliche Teil ist beendet, man geht zum Tee über. Fabienne hat gerade die Tassen gebracht. »Was mich am meisten bei diesen Empfängen aufregt«, sagt Gérard, »sind all diese Typen, die glauben, ihre Frauen mitschleppen zu müssen. Man möchte meinen, es reicht ihnen nicht, ihre Langeweile zu Hause zu kultivieren: sie bestehen darauf, sie auch auszuführen. Außerdem, meine Frau ist Ärztin, die Frédérics ist Lehrerin. Sie haben beide ihre beruflichen Verpflichtungen: wenn man ihnen auch noch unsere Strapazen aufbürden würde! Meine Frau und ich, wir gehen fast nie gemeinsam aus: die Tatsache, daß ich sie liebe, daß ich ihr praktisch treu bin, hindert mich nicht daran, die Begleitung eines hübschen Mädchens zu schätzen. Ich sehe überhaupt nicht ein, warum ich mich an einem Abend langweilen soll, wenn ich doch die Hoffnung habe, gerade da ein hübsches Mädchen zu treffen, dem man ein wenig den Hof machen kann. Das ist das Mindeste an Ausgleich!«

Ich gehe auf der Straße, Frauen kreuzen meinen Weg. Ich lasse mich auf der Terrasse eines Cafés nieder, betrachte die Frauen, die vorübergehen. Wenn es etwas gibt, zu dem ich nicht mehr fähig bin, dann dazu, einem Mädchen den Hof zu machen. Ich wüßte überhaupt nicht, was ich ihr sagen könnte, und außerdem hätte ich gar keinen Grund, sie anzusprechen. Ich will nichts von ihr und habe ihr nichts vorzuschlagen. Dennoch fühle ich, daß die Ehe mich einschränkt, und ich habe das Bedürfnis auszubrechen. Die Aussicht auf ein ruhiges Glück, das sich mir endlos eröffnet, macht mich mißmutig. Ich ertappe mich dabei, der noch gar nicht so weit zurückliegenden Zeit nachzutrauern, da es galt, die Marter des Zweifels, die Qual der Unsicherheit und das Grauen des Wartens auszuhalten. Ich träume von einem Leben, das nur aus ersten Lieben besteht – und aus dauernder Liebe: das heißt, daß ich das Unmögliche will …

Erster Teil

So also war mein Geisteszustand, als ich Chloés Besuch erhielt. Ich kann nicht sagen, daß es mir ein Vergnügen war, sie wiederzusehen. Sie rief in mir eine Vergangenheit wach, die ich lieber als abgeschlossen betrachtete. Sie war damals Zeuge meiner stürmischen Liebschaft mit einem Mädchen, Miléna, die ich verließ, als ich Hélène kennenlernte, und ich war Zeuge ihrer nicht weniger unruhigen Liebe zu einem meiner Freunde, Bruno, der inzwischen verheiratet ist und den ich fast völlig aus den Augen verloren habe. Ich wußte, er war sehr verliebt. Sie betrog ihn nahezu öffentlich, sein Selbstmord mißlang. Ich tat alles, um meinem Freund zu helfen, sich von ihr zu lösen. Sie wußte das, und ich hatte allen Grund anzunehmen, daß sie mir nicht gerade herzlich gesonnen war, obwohl unsere Beziehung nach außen so aussah.

Ich wußte sie nie so recht einzuordnen, weder intellektuell, noch moralisch, noch sozial. Fast ohne Bildung, überraschte sie durch die Genauigkeit ihrer Einsichten und durch manchmal glückliche Formulierungen. In mancher Hinsicht gewöhnlich, bewies sie doch in bestimmten Dingen, zum Beispiel was Farben anging, einen sehr sicheren Geschmack. Mit der Moral übernahm sie sich nicht, und ich habe bei ihr ebenso viele Beweise von Zuneigung wie von gezielter Bösartigkeit erlebt. Bruno ruinierte sich ihretwegen, dummerweise, denn eigentlich war sie nicht käuflich. Sie trieb gerne ihr Spiel mit den Männern, und wenn sie von einem Geld nahm, fiel mir auf, daß sie nie etwas als Gegenleistung gab. In der Zeit, als ich sie kannte, war sie noch Verkäuferin in einer Boutique der Rue de Sèvres. Bald verlor sie ihre Stelle, zog durch Kneipen, hauste mal da, mal dort und lebte von der Luft, bis zu dem Zeitpunkt, da sie die Karriere eines Mannequins einschlug, von der man sich viel versprach, die aber plötzlich abbrach.

Eines Tages also, als ich, wie es meine Gewohnheit war, gegen vier Uhr ins Büro zurückkomme, kündigt Fabienne mir an, daß mich jemand erwarte, eine junge Frau, die mich persönlich sprechen wolle, was mir nicht recht ist. Ich öffne die Tür, erkenne Chloé aber nicht sofort, da sie gegen das Licht sitzt. Was auf Anhieb peinlich ist. Ich nehme einen reichlich mürrischen Ton an, was sie gleichwohl nicht aus der Fassung bringt: es sei normal, daß ich mich nicht mehr an sie erinnere nach so langer Zeit! Im übrigen komme sie nur für einen Augenblick vorbei, und will gehen, als sie mich am Telefon eine unmittelbar bevorstehende Verabredung bestätigen hört. Da Fabienne meinen Besuch ankündigt, begleite ich sie hinaus und füge freundlich hinzu: »Gut, auch ich habe nachmittags manchmal etwas Zeit. Ruf mich an, dann trinken wir was zusammen.« Ich bezweifle, daß sie mich beim Wort nehmen wird. Doch in der folgenden Woche ruft sie in meiner Abwesenheit an und bittet mich, zurückzurufen. Was ich nicht tue. Als sie aber wieder anruft, antworte ich. Sie möchte mich sofort sehen, es sei sehr wichtig. Ich sage ihr, es sei unmöglich, und schlage den nächsten Tag vor, um zwei Uhr. Sie kommt zu früh, ich bin noch damit beschäftigt, einen Brief zu Ende zu schreiben. Sie beginnt sofort mit dem Wesentlichen. Sie suche Arbeit: ob ich ihr nicht eine Stelle als Sekretärin besorgen könne? Sie sagt dies mit einem Ausdruck solcher Einfachheit und Liebenswürdigkeit, daß ich mich etwas schäme. Ihre Schmeichelei, geschickt in Ironie gehüllt, entwaffnet mich so sehr, daß ich, anstatt die Unterhaltung abzubrechen, wie ich es vorhatte, ihr vorschlage, sie im Café fortzuführen.

Wir setzen uns in ein kleines Bistro, und sie beschreibt ihre gegenwärtige Situation genauer. Sie lebe mit einem Jungen zusammen, Serge, der Teilhaber beim Chef des »Agamemnon« sei, der Kneipe, wo sie arbeite. Ein Kumpel. Sie liebe ihn nicht, sie ertrage ihn und sei bereit, ihn von einem Tag zum andern zu verlassen, ebenso die Kneipe. Sie erkundigt sich nach mir, und ohne größere Umschweife erzähle ich ihr von meinem Leben, von meiner Frau, die im Augenblick ihr zweites Kind erwartet. Ich beruhige sie: es sei nicht Miléna. Ich führe eine sehr bürgerliche Existenz und ginge abends fast nie mehr aus, anders als zu der Zeit, da ich alle Nächte durchmachte. Sie gibt mir recht und beneidet mich. Ihr gegenwärtiges Leben belaste sie. Die Arbeit sei anstrengend, der Laden erbärmlich. Natürlich verdiene sie entschieden mehr Geld, als wenn sie Verkäuferin oder Telefonistin wäre, aber sie wisse, eines Tages werde sie die Tür hinter sich zuschlagen.

Einmal ist keinmal: ich begleite Hélène, deren Zustand offensichtlich ist, in ein großes Kaufhaus. Ariane ist mit ihrer Mutter mitgekommen. Der Einkauf gilt ihr. Es geht um ein neues Bett, da das ihre zu klein geworden ist. Als wir gerade hinausgehen, stoßen wir auf Chloé. Sie kommt meiner Verlegenheit zuvor und stellt sich als alte Bekannte von mir und Bruno vor, den Hélène kennt. Sie gratuliert uns beiden zu unserer Heirat, lächelt der Kleinen zu und verläßt uns. »Ist das die ehemalige Verlobte von deinem Freund Bruno? So gefährlich sieht sie gar nicht aus«, ist Hélènes einziger Kommentar. Um sechs Uhr ruft Chloé mich im Büro an, sie komme vorbei. Einige Augenblicke später sehe ich sie, ein Päckchen unterm Arm, eintreten. Es ist ein Babyjäckchen für das Kind, das unterwegs ist, und eine Schürze für Ariane darin. Ich gestehe ihr meine Verwirrung. Sie antwortet, das sei ihr gleich, daß sie Kinder anbete und es nicht lassen könne, ihnen Geschenke zu machen: »Und ich muß dir auch zu deiner Frau gratulieren. Du hättest es nicht besser treffen können. Vor allem laß es dir nicht einfallen, sie zu betrügen!« Ich sage, daß ich nicht die geringste Absicht hätte. Sie stichelt weiter, wobei sie behauptet, daß ich für einen so verliebten Ehemann viel nach den Frauen sähe, den Passantinnen, den Bedienungen, und sogar nach meinen Sekretärinnen. Damit traf sie einen wunden Punkt.

Wieder zu Hause, zeige ich Hélène die Geschenke, die ihr zu meiner Überraschung gefallen. Sie schlägt sogar gutherzig vor, Chloé zum Abendessen einzuladen. Ich erwidere, das sei unmöglich, da sie abends arbeite, und daß wir, so oder so, ihr gegenüber zu nichts verpflichtet seien. Einmal, um meine Frau über die Natur meiner früheren Beziehungen zu Chloé zu beruhigen, aber auch, um mir selbst Argumente gegen Brunos ehemalige Geliebte zu geben, bemühe ich mich, von ihr nur in einem Ton der Herablassung und des Mitleids zu sprechen. Einige Tage lang ließ Chloé nichts von sich hören. Ich glaubte, daß sie, da ihre Neugier, was mich betraf, zufriedengestellt war, ihr Interesse anderen Dingen zugewandt hatte. Dabei empfand ich Erleichterung, zugleich aber auch ein bißchen Enttäuschung. Doch eines Morgens, als ich ins Büro komme, finde ich sie in einem Sessel sitzend, einen Koffer zu ihren Füßen, vor. Allem Anschein nach hat sie nicht geschlafen. Sie erklärt mir, sie habe Serge verlassen, während er schlief. »Ich konnte nicht einschlafen. Ich hab mich gefragt, was ich im Bett von diesem Typ mache. Er schien mir völlig fremd. Schließlich bin ich gegangen. Glaubst du, ich bin verrückt?« Sie wisse nicht, wo sie wohnen solle: ob ich sie nicht unterbringen könne, auch provisorisch? Ich antworte, daß wir keinen Platz hätten. »Und wo wird das Baby schlafen?« »Bei seiner Schwester oder in einem Raum, der im Augenblick als Abstellkammer dient und den man herrichten muß.« »Ich kann ihn streichen, allein oder mit Hilfe von Freunden. Und wenn das Kind geboren ist, bin ich sein Kindermädchen: Ich würde auch kein Geld nehmen, sondern au pair arbeiten.« Sie lacht über mein entsetztes Gesicht und sagt, in Wirklichkeit wisse sie, wohin sie gehen könne. Sie habe von einem Zimmer auf dem Montmartre gehört. Sie fragt mich, ob ich im Lauf des Tages Zeit hätte, mit ihr dieses Zimmer zu besichtigen, sie möchte, daß die Sache vor einem Zeugen geschehe. Ich sage, daß ich am liebsten gleich möchte. Doch bevor wir gehen, muß ich die laufenden Geschäfte abwickeln. Im Treppenhaus, auf der Straße, bis zum Taxistand schimpft Chloé über die Bürokraten: »Wenn ich in ein Büro komme, denke ich, das gibt es nicht. Leute regen sich auf: warum? Wegen nichts. Wenn es keine Büros gäbe, ginge alles genausogut: sie bringen nichts als Wörter und Papier zustande.« Wir gehen zur angegebenen Adresse. Das Zimmer ist klein und sehr dunkel. Die Vermieterin hält uns zunächst für ein Paar und wundert sich, daß es uns recht ist, denn im Bett ist nur Platz für einen. Chloé findet das Mißverständnis sehr zum Lachen.

Um die Unannehmlichkeit einer Aussprache zu vermeiden, wartet Chloé, bis ihr Exfreund verreist ist: sie bittet mich, mich davon zu vergewissern. »Ich hab den Schlüssel, ich bin dort zu Hause«, sagt sie, um meine letzten Hemmungen abzubauen. Trotz meiner geringen Neigung, bei Leuten in deren Abwesenheit einzudringen, ist das ungewöhnliche Abenteuer nicht ohne Reiz für mich: ich fühle mich in der Haut des Helden eines Kriminalromans. Die Sache wird spannend, als wir auf ein neues Vorhängeschloß treffen. Chloé wird wütend, schreit, flucht, tritt mit dem Fuß dagegen und riskiert damit, daß das ganze Haus zusammenläuft. Aus Angst vor dem Skandal entschließe ich mich zur radikalen Lösung: die Schraube sitzt nicht fest, und es ist ein Kinderspiel, sie herauszureißen. Wir gelangen hinein,

Chloé füllt ihren Koffer und läßt nichts zurück, was ihr gehört, einschließlich einiger Fotos von sich, die ich helfe, von der Wand abzulösen. Im Taxi fällt sie mir um den Hals, sie lacht schon über das Gesicht, das Serge bei seiner Rückkehr machen werde: »Du bist himmlisch«, sagt sie und drückt sich an mich. »Du hast mir wirklich das Leben gerettet.«

Doch als ich allein war, sank meine Euphorie deutlich. Wieder hatte ich die alte Befürchtung, Chloé mißbrauche, wenn auch unbewußt, die Rechte, die ich ihr durch mein Entgegenkommen einräumte. Ich beschloß, unsere Zusammenkünfte systematisch weiter auseinanderzulegen. »Wenn du am Nachmittag keine Zeit hast, laß uns den Abend zusammen verbringen«, sagt sie. »Du kannst deiner Frau erzählen, du seist geschäftlich aufgehalten, so wie es manchmal geschieht.« Ich erwidere, daß ich mich dieser Lüge meiner Frau gegenüber schämen würde und sie sicher im Gegenzug die Reinheit unserer Freundschaft beeinträchtigen würde. Chloé verzieht das Gesicht, wechselt aber, da sie fürchten muß, mich in meiner Weigerung zu bestärken, den Ton und wird sanft und bittend: »In Wirklichkeit wollte ich dich um einen Gefallen bitten. Ein italienischer Junge, den ich kenne, will mir den Direktor eines Konfektionshauses vorstellen, der mir eine Stelle in seinem Laden besorgen könnte. Nur: ich vermute, daß mein Kumpel nicht bloß daran interessiert ist. Wenn ich also mit dir komme, weiß er, daß ich entschlossen bin, nicht nachzugeben. Und außerdem wüßte ich gerne deine Meinung über ihn. Ich bezweifle übrigens, daß er dir gefällt.« »Wer ist es?« »Ich hab ihn im Restaurant kennengelernt.« »Davon hast du mir nichts erzählt.« »Oh, das ist unwichtig! Neue Bekanntschaften mache ich jeden Tag. Der ist ganz schön, bildet sich aber ein, alle Mädchen zu bekommen, die er haben will, und er hat gewettet, daß er mich bekommen wird.« »Und ... wird er gewinnen?« »Ganz sicher nicht, er wird sich umsonst bemühen. Bist du eifersüchtig?« »Ich? Mit welchem Recht? Aber du machst nicht den Eindruck, als seist du dir sicher: du redest wie ein kleines Mädchen.«

Am Abend. Ich lese, während Hélène arbeitet. Peinlich genau studiert sie ihre Zettel. Nur manchmal wirft sie einen unbestimmten Blick in den Raum, der sich aber nie auf mich richtet. »So, jetzt reicht es«, sagt sie schließlich. »Man muß vernünftig sein. In meinem Zustand ist es, glaube ich, gesünder, mit der Arbeit am späten Nachmittag aufzuhören. Ich werde mich abends früh hinlegen und im Bett lesen, wenn dich das nicht zu sehr stört.« »Ach übrigens«, sage ich, »am Mittwoch bin ich zu einem Arbeitsessen eingeladen. Willst du mitkommen?« »Bist du verrückt? Aber geh nur, wenn es für dich wichtig ist. Ich werde die Gelegenheit nützen und mich noch früher hinlegen. Ich brauche Schlaf.«

Am folgenden Mittwoch verlasse ich mit Gérard um sechs Uhr das Gericht. Ein Taxi fährt uns zum Büro zurück. Die Sekretärinnen sind gegangen. Für mich ist eine Nachricht da: »Chloé hat angerufen. Sie bedauert, nicht kommen zu können.« Nur mit Mühe kann ich meine Verwirrung vor Gérard verbergen. Ich gehe zu meinem Telefon, schließe hinter mir die Tür und wähle die Nummer von Chloés Vermieterin: »Sie ist nicht da«, antwortet man mir. »Seit mindestens drei Tagen hat sie nicht mehr hier geschlafen.«

Als ich nach Hause komme, hat Hélène sich bereits hingelegt. Ich erkläre, daß, richtig betrachtet, meine Anwesenheit bei der »Konferenz« nicht notwendig war. »Warum hast du nicht angerufen?« sagt sie. »Ich habe nichts für dich zum Essen vorbereitet.« »Ich wollte dich nicht aufhalten. Schlaf. Ich koche mir selbst was, das wird mir Spaß machen.« Nach dem Essen gehe ich, da es zum Schlafen zu früh ist, ins Wohnzimmer, um ein wenig zu lesen. Doch es gelingt mir nicht, mich zu konzentrieren. Bis spät in die Nacht verspüre ich keine Müdigkeit, bis sie mich dann plötzlich übermannt und mir keine Zeit läßt, aus meinem Sessel aufzustehen. Hélène entdeckt mich am andern Morgen: »Was ist los mit dir?« Ich stammle, ich hätte mich von meiner Lektüre nicht losreißen können und sei beim Lesen eingeschlafen.

Einige Tage später erhielt ich eine Postkarte aus Italien, abgefaßt wie folgt: »Sorrent, 10. März. Ich mache Ferien. Bis bald. Chloé.«

Am 17. März wurde unser Kind geboren. Es war ein Junge. Er versprach ein schwierigeres Wesen zu sein als seine Schwester, die, um nicht nachzustehen, anfing eigensinnig zu werden. Hélène war am Ende ihrer Nerven.

Einige Tage nach Ostern erschien Chloé wieder. Es gelang mir nicht, meine Beschwerden länger kühl vorzutragen: »Ich weiß nicht, was du mir vorwirfst«, sagte sie. »Ich hab dich angerufen. Hättest du gewollt, daß ich dir sage, daß ich mit dem Italiener unterwegs bin? Ich dachte, du hast es erraten: ich hatte dir von ihm erzählt.« Sie war sehr zufrieden mit sich. Sie hatte sich zu oft in ihrem Leben von den Männern überfahren lassen, von dieser Sorte Männer. Eines schönen Tages mußte sie Rache nehmen. Die war ihr aufs beste gelungen. Sie hatte es fertiggebracht, daß der Italiener sich über beide Ohren verliebte, dann war sie mit einem englischen Studenten ausgerückt, der zwar unglaublich schön, aber trotz allem ein Kind war, und ließ ihn nach wenigen Tagen fallen. Leicht gebräunt, mit entspannten Zügen und in einem eleganten Aufzug, den sie gegen ihre alten Jeans getauscht hatte, besaß sie an diesem Tag eine Ausstrahlung, die geeignet war, eine verkrampfte und von der Geburt mitgenommene Hélène verblassen zu lassen. Ich fühlte mich in ihrer Gegenwart, wenn möglich, noch natürlicher als vor ihrer Reise.

Zu Hause dagegen kam ich mir künstlich vor. Die Geburt des Kindes und das besorgte Gesicht meiner Frau bestätigten mich in meiner Rolle als Vater, die ich mich, mein eigener Zuschauer, spielen sah. Um die Kinder zu besänftigen und vielleicht auch um Hélène aufzuheitern, riß ich alle möglichen Possen: spaßeshalber, zum Beispiel, zog ich meinen Pullover grotesk wie eine Kapuze über den Kopf, wobei ich meine Augen verdrehte.

Dann verschlechterte sich Chloés Stimmung. Ihre Mittel gingen zur Neige. Sie findet keine Arbeit. Eines Tages, wir gehen in einer Straße, ist sie von dem Krach und der Menge überfordert, behauptet, ihre Zeit zu vergeuden und mich meine vergeuden zu lassen. Ich lade sie auf ein Glas ein. Sie lehnt ab. Sie will nach Hause, ruft ein Taxi, läuft auf die Fahrbahn. Ich hole sie ein und halte sie mit Gewalt zurück, inmitten der Autos, die uns streifen. Zuletzt bricht sie in Tränen aus und folgt mir ohne Widerstand in einen öffentlichen Park. Dort, auf einer Bank, drängt Chloé sich an mich. Ihre Augen sind noch feucht: »Siehst du«, sagt sie nach einer Pause, »du bist der einzige und alleinige Grund, warum ich das Leben ertrage. Ohne dich hätte ich mich schon tausendmal umgebracht.« »Sag das nicht!« »Aber es ist wahr! Warum sind nicht alle Leute wie du? Alle sind sie Schweine.« »Ich bin nett zu dir, weil unsere Beziehungen völlig uneigennützig sind. Aber in geschäftlichen Dingen bin ich sehr hart.« Sie hebt ihren Kopf, lacht, nimmt mich mit beiden Händen an den Haaren und bedeckt mein Gesicht mit Küssen. Dann rückt sie ein bißchen ab, legt ihre Arme um meinen Hals und hält mir ihre Lippen entgegen. Ich berühre sie eine ganze Weile mit meinen, dann löse ich mich. Ich streichle ihr Haar: »Hör zu, Chloé...« Aber kaum habe ich den Mund geöffnet, steht sie auf und streckt mir ihre Hand entgegen: »Laß uns gehen und nicht mehr reden, sei so gut.«

Im Büro, während Fabienne telefoniert, läßt mich ein Satz aufhorchen. Die Rede ist von einer Modeboutique, die eine Verkäuferin sucht: »Entschuldigen Sie«, sage ich zu ihr, »daß ich mitgehört habe, glauben Sie nicht, daß das etwas für Chloé wäre?«

Am nächsten Tag schon ist sie angestellt. Der Laden liegt fünf Minuten von meinem Büro entfernt. Außer der Inhaberin, die oft abwesend ist, kümmern sich zwei Mädchen um den Verkauf. Chloé fängt mittags an und bleibt bis acht Uhr. Uns zu treffen, ist wesentlich schwieriger geworden. Uns bleibt nur noch der Montag, an dem geschlossen ist.

Es ist Sonntag. Ich fotografiere Hélène, die ihre Tochter auf den Knien hält: »Sehr gut, ihr seid beide vollkommen, du vor allem, ich nehme dich noch mal allein.« »Du hast mich schon hundertmal aufgenommen!« »Ja, aber ich will es besser machen. Ich weiß nicht, ob ich Fortschritte mache oder ob du schöner wirst, aber wenn ich heute Fotos aus der Zeit unserer Hochzeit sehe, frage ich mich, wie ich auf den Gedanken kam, dich zu heiraten.« »Ich auch!« Ich lächle, sie lächelt. Ich drücke auf den Auslöser.

Montag. Das Geschäft ist geschlossen. Aber Chloé ist dort, um umzuräumen, und hat mich gebeten, ihr Gesellschaft zu leisten. Ich sehe sie einen Eifer an den Tag legen, dessen Ursache Chloé mir bereitwillig enthüllt: »Die Chefin geht nach Saint-Jean-de-Luz, wo sie eine zweite Boutique hat. Ich muß mich also anstrengen, damit sie mir soviel Verantwortung wie möglich während ihrer Abwesenheit überträgt. Du wirst sehen, bald bin ich Geschäftsführerin.« Sie packt einen Posten neuer Kleider aus: »Das ist hinreißend, komm, ich werde es anprobieren.« Sie zieht ihr Kleid aus, unter dem sie dünne schwarze Unterwäsche trägt, und nimmt das andere: »Nicht schlecht, oder? Wie findest du es?« »Weißt du«, sage ich, »ich habe mich nie von einem Kleid beeindrucken lassen. Ich glaube nicht, daß ein Kleid an sich schön oder häßlich sein kann. Aber ich muß sagen, dieses bringt deine Figur außerordentlich gut zur Geltung: es ist nicht das Kleid, das man bewundert, sondern dich.« Ohne ein Wort zu sagen, schlüpft sie aus dem Kleid und wirft es hinter sich. Sie geht einen Schritt nach vorn und bleibt in der Haltung einer Tänzerin stehen, das Bein gebeugt, das Kreuz hohl, die Ellbogen leicht nach außen. Ich lege meine Hände auf ihre Hüften und beginne, deren Umriß nachzuzeichnen, wie um ihre Perfektion zu prüfen. »Ja«, sage ich, »du hast eine sehr schöne Figur.« Verliebt hebt sie ihren Kopf. Ich neige mich und nähere meine Lippen den ihren, ohne sie jedoch wirklich zu küssen. Sekunden vergehen, ich spüre, der Reiz ist gebrochen: ihre Züge verhärten sich, ihr Lächeln erstarrt. Ich versuche zu sprechen: »Hör zu, Chloé!« »Nein, ich höre nicht zu«, sagt sie, macht sich frei und zieht ihr altes Kleid wieder über. »Ich weiß sehr gut, was du sagen willst, du wirst mir von deiner Frau erzählen.« »Das eben gerade nicht«, sage ich. »Ich denke nicht an meine Frau, sondern an dich und an unsere Freundschaft, die wir im Begriff sind zu zerstören.« Sie verzieht das Gesicht. »Ich glaube nicht an die Freundschaft. Es gibt keine Freundschaft, weder von deiner

Seite noch von meiner ...« Dann, nach einer Pause: »Weißt du, ich bin seit einiger Zeit dabei, etwas zu bemerken, nämlich, daß ich dich liebe. Ich liebe dich wirklich, ich bin in dich verliebt.« Ich zucke die Schultern: »Ich hoffe sehr, daß es nicht so ist. Wenn du verliebt wärst, würde ich dir aus dem Weg gehen: du würdest mich für dich allein haben wollen und wünschen, daß ich meine Frau verlasse!« »Nicht unbedingt. Ich bin auch so glücklich. Mir reicht es zu wissen, daß ich dich liebe, und es dir zu sagen. Ich habe viel Phantasie, weißt du. Ich kann mir sogar vorstellen, daß ich mit dir schlafe, während ich es mit andern tue.« »Du bist verrückt!« »Nein. Verrückt ist, wenn man vorgibt, daß man den liebt, mit dem man zusammenlebt. Ich kann nicht jemanden lieben, der sich in einem Bett breitmacht und glaubt, das Recht zu haben, dort zu bleiben. Gerade und vor allem nicht, wenn er der Vater meines Kindes wäre ... Weißt du, daß ich sehr gern ein Kind hätte?« »Ja, das hast du mir gesagt.« »Aha?« Sie nähert sich mir und fixiert mich mit den Augen: »Lach nicht, es ist sehr ernst. Ich habe die feste Absicht, ein Kind von dir zu haben, und ich komme immer ans Ziel, das weißt du. Es ist genau überlegt. Ich finde keinen anderen, der mir als Vater gefiele. Du dagegen vereinigst alle Bedingungen. Du bist schon verheiratet, du bist schön, du bist groß, du bist nicht allzu dumm, und du hast blaue Augen: ich will ein Kind mit blauen Augen. Als Begründung ist das unangreifbar. Was hast du zu erwidern?« »Und was wird meine Frau sagen?« »Sie braucht es nicht zu wissen. Du auch nicht, du wirst nicht genau wissen, ob du der Vater bist.« »Was habe ich dann für ein Interesse?« »Gar keins. Es geht mir nur um meines. Glaubst du, daß ich spaße? Überhaupt nicht. Ich meinerseits bin vollkommen logisch. Du bist nicht logisch!«

Am folgenden Montag schon hat Chloé ihr neues Zimmer unterm Dach in Besitz genommen. Man hat dafür drei ehemalige Dienstmädchenzimmer zusammengelegt. Eine der Trennwände ist eingerissen, in die andere eine Tür gebrochen worden, so daß zwei Räume entstanden sind: das eigentliche Zimmer, und Küche und Bad in einem. Während sie einen Kaffee zubereitet, drückt sie ihre Zufriedenheit darüber aus, endlich eine Unterkunft nur für sich allein zu haben: »Niemand wird hierherkommen. Sollte ich je mit einem Typ schlafen, gehe ich zu ihm oder ins Hotel. Selbst tagsüber werde ich keinen Besuch haben, weder Mädchen noch Jungen, außer dir. Ich habe keine Lust, noch länger auf der Straße oder im Café herumzuhängen. Von jetzt an wirst du mich hier besuchen, das ist tausendmal angenehmer.« Als ich meinen Kaffee ausgetrunken habe, nimmt sie die Tasse, stellt sie auf den Teppichboden, richtet sich halb auf, kniet sich zwischen meine Beine, blickt mich an und umfaßt mit den Armen meine Taille. Sie drückt ihren Kopf an meine Brust. Ich nehme sie meinerseits in die Arme, öffne auf ihrem Rücken den Verschluß ihrer Bluse, die über die Hose hängt, und lasse meine Hand langsam über ihre nackte Haut wandern. Im Moment ist es ruhig und ein wenig beängstigend. Durch die halboffene Fensterklappe gelangt das Gemurmel vom Hof zu mir: das Gurren der Tauben, das helle Geräusch von Geschirr, das eingeräumt wird, die rauhen Stimmen spanischer Hausmädchen, die alte Schlager vor sich hinträllern. »Weißt du, Chloé«, sage ich, ohne sie aus meiner Umarmung zu entlassen, »ich bin gegenwärtig (ich betone dieses letzte Wort) sehr in meine Frau verliebt.« »Ja, ich weiß. Wenn du in deine Frau verliebt bist, gut, dann komm nicht hierher«, sagt sie, macht sich frei und springt auf. »Laß mich ausreden«, sage ich mit erhobener Stimme. »Ich will sagen, daß ich ›gegenwärtig‹, während ich meine Frau liebe und mehr denn je physisch begehre, von dir angezogen bin. Meine Willenskraft selbst ist erschüttert. Manchmal frage ich mich, ob wir nicht besser daran täten, miteinander zu schlafen. Das wäre gesünder. Glaubst du, daß man zwei Frauen zur gleichen Zeit lieben kann? Ist das normal?« »Das hängt davon ab, was du ›lieben‹ nennst. Wenn du mit zwei oder mehreren Mädchen schlafen und zu jeder zärtlich sein willst: nichts ist banaler, alle machen das mehr oder minder offen. Die Polygamie ist das Natürliche.« »Barbarei ist das, die Versklavung der Frau!« »Nicht unbedingt, wenn die Frau sie auch praktiziert. Wenn du normal wärst, würdest du mit allen Mädchen schlafen, auf die du Lust hast, und du würdest deine Frau das gleiche mit den Männern machen lassen. Ich weiß, daß ich recht habe und daß ich dich noch überzeugen werde. Du wirst deine Frau betrügen, irgendeines Tages.« »In einer polygamen Gesellschaft«, sage ich, »wäre ich polygam, und sicherlich ginge es mir gut dabei. In einer Gesellschaft wie der unseren will ich mein Leben nicht auf einer Lüge aufbauen. Ich verberge schon genug vor meiner Frau.« Chloé prustend: »Und was beweist dir, daß sie dir nichts verbirgt? Weißt du, daß ich sie neulich mit einem Typ gesehen hab?« »Na und?« »Zitterst du? Nichts und. Sie liefen nebeneinander und redeten. Sie hat mich nicht gesehen, aber ich habe sie sehr wohl erkannt.« Ich lache und gestehe, daß ich einen von Hélènes Kollegen, M... nämlich, in Verdacht habe, gehörig in sie verliebt zu sein. Er ist ein sehr geistvoller Mann, und sie fühlt sich in seiner Gesellschaft wohl, aber ich bezweifle stark, daß er auf sie auch nur die geringste physische Anziehung ausübt. Deshalb mache ich mir, was ihn angeht, keine Sorgen, und ich habe auch nicht vor, mir irgendwelche zu machen. »Ich schlage dir für das nächste Mal etwas vor«, sage ich, als ich sie verlasse. »Es ist sehr gemütlich hier: zu gemütlich. Ich werde es für nächsten Montag einrichten, daß ich den ganzen Nachmittag freihabe. Wir werden zusammen zu Mittag essen gehen, an einem angenehmen Ort, im Grünen, am Ufer, wo du willst. Wir werden viel Zeit für uns haben und alles noch mal genau überlegen. Willst du?«

Acht Tage später stieg ich gegen 1 Uhr 30 den Dienstbotenaufgang zu Chloé hinauf. Ich muß wiederholt klopfen, denn sie ist unter der Dusche: »Du bist es«, ruft sie endlich, »ach, die Tür ist abgeschlossen! Komm halt hier herein.« Ich höre, wie sie den Riegel der Tür zum Badezimmer zurückzieht, die auf den Gang führt. Ich trete ein und sehe noch, wie der Duschvorhang auf ihren Arm zurückfällt. Nachdem ich die Tür geschlossen habe, gehe ich in Richtung des Zimmers: »Warte, gib mir das Badetuch.« Sie streckt ihren Arm hinter dem Vorhang hervor und ergreift es. »Kannst du«, fährt sie fort, »bitte den Läufer näher legen?« Während ich das tue, öffnet sie den Vorhang und steigt, eingehüllt in das Tuch, aus dem Becken. Mit einer Hand hält sie es zusammen, umarmt mich ganz naß mit ihrem freien Arm und küßt mich auf die Wange: »Hab keine Angst, das ist nur Wasser, es macht keine

Flecken … Komm, da du schon mal da bist, trockne mich ab.« Um das Badetuch nicht zu verschieben, beschränke ich mich darauf, verhalten zu klopfen und leicht zu reiben. Aber sie wird ungeduldig: »Ernsthaft! Trockne mich richtig ab!« Ich löse also das Tuch, nehme es in beide Hände und frottiere Chloé gewissenhaft vom Nacken bis zu den Fersen. Sie nimmt das Tuch an sich, fährt schnell damit über ihren Bauch und ihre Beine, wobei sie sich am Revers meiner Jacke festhält, und wirft es mit einer Bewegung von sich, die sie ein wenig aus dem Gleichgewicht bringt. Sie packt meine Schulter und preßt sich an mich. Ich lege meine Arme um ihre Taille und bedecke ihren Nacken mit Küssen. »Deine Jacke kratzt«, sagt sie, macht sich von mir los und deutet mir an, sie auszuziehen, was ich sogleich tue. Der folgenden Ereignisse vollkommen sicher, überläßt sie mich mir selbst und geht ins Zimmer, zum Bett, während ich mich weiter ausziehe, indem ich das Polohemd aufknöpfe, das ich an diesem Tag trage. Aber in dem Augenblick, da ich im Begriff bin, den Kragen über meinen Kopf zu ziehen, halte ich inne, gehe einen Schritt zu der nach nebenan offenen Tür und werfe, durch den Halsausschnitt des Hemds, der jetzt auf Höhe meiner Augen ist, einen Blick in Richtung Bett: Chloé, auf einen Ellbogen gestützt, den Rücken zu mir gekehrt, ist damit beschäftigt, das Laken glattzuziehen und das Keilkissen zurechtzurücken. Sie schaut über ihre Schulter zu mir und lacht, denn ich sehe komisch aus. Ich mache einen Schritt zur Seite, aus ihrem Blickfeld heraus, drehe mich um und stehe vor dem Spiegel am Waschbecken. Ich betrachte mich, und mein ganzes Gesicht wird frei, wie von einer Kapuze eingerahmt. Ich sehe mein Lächeln, das in einem regelrechten Grinsen endet, und lasse mit einer Kopfbewegung das Polohemd auf die Schultern zurückfallen. Im anderen Raum hat Chloé aufgehört, sich zu bewegen, und Sekunden drückender Stille breiten sich aus. Ich drehe den Wasserhahn des Waschbeckens weit auf. Vom Geräusch des Wassers gedeckt, gehe ich zur Flurtür, öffne sie und trete, nachdem ich meine Jacke unterwegs aufgelesen habe, hinaus.

Ich fürchte, daß Chloé meine Flucht trotz meiner Vorkehrungen gehört hat und nach mir ruft. Ich stürze Hals über

Kopf das Treppenhaus hinunter und völlig außer Atem auf die Straße. Vor lauter Aufregung renne ich weiter und remple zwei oder drei Leute an.

Im Büro finde ich Fabienne, die im Begriff ist zu telefonieren. Als sie mich eintreten hört, dreht sie sich um und kann ihr Erstaunen nicht unterdrücken. Ich habe den Eindruck, daß meine unvorhergesehene Rückkehr ihre Pläne durcheinanderbringt. Ich gehe schnell in mein eigenes Büro und bleibe eine Weile beim Fenster stehen, um wieder zu Atem zu kommen. Dann schließe ich die Tür, die ich in der Eile nur angelehnt hatte. Ich nehme den Hörer und wähle die Nummer von zu Hause. Hélène ist es, die antwortet: »Was gibt es?« »Nichts, ich wollte einfach nur wissen, ob du da bist, denn ich komme, glaube ich, nach Hause. Ich hatte eine Verabredung, die wurde abgesagt. Jetzt hab ich nichts zu tun und komm nach Hause. Das wollte ich dir ankündigen, das ist alles.« »Aber du kannst doch auch so nach Hause kommen! Warum erst anrufen?« »Weil ... äh ... Ich hatte gerade das Telefon zur Hand. Ich komme.«

Als ich eintrete, betrachtet Hélène mich mit etwas besorgter Aufmerksamkeit. »Du hast mich erschreckt. Du hast merkwürdig geklungen. Dir fehlt doch nichts?« »Nein, es sei denn, daß es dich stört, wenn ich bleibe.« »Du bist verrückt!« »Deinetwegen bin ich nach Hause gekommen. Ich hatte dir nichts Besonderes zu sagen, aber ich hatte Lust, dich zu sehen. Dich am Nachmittag zu sehen. Wir sehen uns nie nachmittags, außer am Sonntag.« Ich drücke sie ganz fest an mich, und wir verharren einen Augenblick, ohne etwas zu sagen. Ich breche das Schweigen: »Hélène?« »Ja.« »Ich möchte dir etwas sagen.« »Aha!« »Warum ›Aha‹?« »Ich dachte, du hättest mir nichts Besonderes zu sagen.« »Es ist mir eben erst durch den Kopf gegangen. Im übrigen ist es vollkommen idiotisch, ich glaube, ich hielte besser den Mund. Also: ich sitze neben dir, und du schüchterst mich ein. Du schüchterst mich ein, weil du schön bist. Du warst noch nie so schön. Aber du schüchterst mich auch ein, weil, das ist weniger verständlich, weil ich dich liebe. Es ist vollkommen idiotisch, nicht?« »Nein, überhaupt nicht, ich verstehe sehr gut.« »Ich sage dir das, weil ich immer fürchte, daß du meine Schüchternheit für Kälte nimmst.« »Aber ich bin es doch, die kalt ist! Viel mehr als du! Du, du bist perfekt: ich wollte keinen Mann, der mich familiär behandelt und ohne Unterlaß in meinen Gedanken wühlt, wenn auch mit den besten Absichten der Welt.« »Ja, aber manchmal habe ich Gewissensbisse, zu wenig mit dir zu sprechen, mich dir nicht anzuvertrauen, während es mir passiert, daß ich mich stundenlang mit Leuten unterhalte, die mir nichts bedeuten, mit Leuten, zu denen ich oberflächliche Beziehungen habe ... oder nur ganz flüchtige.« Sie antwortet nicht. Sie hat den Kopf gesenkt. »Hélène?« Ich beuge mich zu ihrem Gesicht, das sie zu verbergen sucht: »Weinst du?« »Aber nein«, sagt sie, indem sie mich aus feuchten Augen ansieht, »ich lache, siehst du wohl!« Sie vergräbt ihren Kopf tief in meinen Schultern und bricht in ein nervöses Lachen aus, das als Schluchzen endet. Ich streichle ihre nackten Schultern und küsse ihren Nacken, während sie sich allmählich beruhigt. Ich knöpfe ihr Kleid von oben auf, lasse meine Hand unter den Stoff gleiten und streichle ihren Rücken. Ich flüstere ihr ins Ohr: »Ist niemand da?« »Nein, bis fünf Uhr nicht, aber laß uns ins Schlafzimmer gehen.«

Jacques Jouet

Bertrand d'Alleaume hat mich hinter der Tür des kleinen Büros geküßt. Ein flüchtiger Kuß, in den ich nicht hineinzuschlüpfen vermochte.

Eine halbe Stunde später hat mir Charlotte Huberer auf der Esplanade meinen Kuß zurückgegeben. Viel zu öffentlich, dieser Kuß, der einem Hinunterschlingen glich.

Wir sind quitt.

Hervé Guibert

Das rätselhafte Trio

N.B. ist Geschäftsmann; seine genaue Tätigkeit ist nicht leicht dingfest zu machen: Ist er wirklich Arzt, wie er behauptet? Steuert er selber dreimal jährlich jenes Flugzeug nach Afrika? Zu was für einer Art Konferenz muß er mit diesen Koffern voller Spritzen und Fläschchen reisen? Woher stammt diese eigenartige Narbe, die eine Lippe im Verhältnis zur anderen etwas verschiebt? Er kehrt aus Washington zurück, wo er an einer Konferenz teilgenommen hat, mit der Concorde, dem täglichen 13-Uhr-Flug. Er hat wieder in New York Station gemacht. Er kennt den Chefsteward gut, denn er ist diese Strecke schon mehrfach geflogen, und er verlangt jedesmal einen Platz in der ersten Klasse. Als er eben das Flugzeug betritt, bemerkt er einen jungen Mann von außergewöhnlicher Schönheit, zwischen einem rund fünfzigjährigen Mann und auf der anderen Seite einer etwas jüngeren Frau, die ganz in Schwarz gekleidet ist. Sie nehmen im zweiten Kabinenabschnitt Platz. N.B. geht zum Chefsteward, er sagt zu ihm, er habe entschieden genug davon, immer in der ersten Klasse zu reisen, und er bittet ihn um einen Platz weiter hinten. »Nichts einfacher als das«, sagt der Mann, »alle wollen in der ersten Klasse sitzen.« N.B. hat bemerkt, daß das seltsame Trio fast ganz hinten sitzt, und er besteht darauf, sich selber einen Platz in einer noch weiter hinten gelegenen Reihe auszusuchen. Endlich setzt er sich auf diesen Platz, in der letzten Reihe, von wo aus er bequem das Trio beobachten kann, dessen Mittelfigur der Gegenstand seines Begehrens ist.

Ein Essen wird serviert, das er nicht anrührt, da er ausschließlich damit beschäftigt ist, den Nacken und das blonde Haar des jungen Mannes zu mustern. Er erwägt alle erdenklichen Fragen bezüglich der Verbindungen, die zwischen diesen drei Menschen bestehen mögen: Wer sind dieser Mann und diese Frau, sind sie die Eltern des jungen Mannes, oder ist dieser der Liebhaber des alten Mannes, und wer ist dann die Frau? Für den Fall, daß er später einmal diese Geschichte einem seiner Freunde erzählen sollte, geht er im Geiste die Kleidung der beiden Männer durch, die allerdings vollkommen banal ist, nur einfach Freizeitkleidung. Die Frau hingegen hält sich übertrieben steif und trägt in der Tat ein schwarzes Kleid, schwarze Strümpfe, schwarze Schuhe; auf dem Schoß hat sie eine schwarze Tasche. Sie wendet sich häufig dem jungen Mann zu, und mehrfach droht ihr Blick ganz umzuschwenken, zu dem Mann, der sie beobachtet. Die drei reden amerikanisch miteinander, reden aber wenig, denn sie genießen die köstlichen Gerichte.

Der junge Mann dreht sich endlich um und sieht N. B. an. Er dreht sich wiederholt um. Beim zweiten Mal versuchen sie bereits, mit Hilfe von Bewegungen der Augen miteinander zu kommunizieren, zum Beispiel, indem sie die Augenbrauen hochziehen, ohne Zweifel, um auszudrücken, daß sie unmöglich miteinander werden sprechen können. Dann steht der junge Mann auf, um zur Toilette zu gehen, die sich zwischen der ersten Klasse und der Touristenklasse befindet. N. B. folgt ihm nicht, denn eine solche Situation wäre seiner tiefgreifenden Erregung nicht angemessen. Er zieht eine Visitenkarte aus der Tasche und schreibt unter seine private Telefonnummer die Nummer im Büro, woran er folgende Worte anfügt: »Ich würde Sie sehr gern kennenlernen.« Er steckt die Karte in die Tasche zurück. Der junge Mann hat wieder Platz genommen, ganz ohne ihn anzusehen, denn er fühlt sich ohne Zweifel von dem Mann und der Frau beobachtet, die ihn begleiten. Ihr Gespräch lebt wieder auf, und N. B. versucht, einige Wörter zu erhaschen: Ausschließlich Städtenamen, Venedig, Paris, die anderen Wörter bleiben zu leise. Die Frau hat einen stark französischen Akzent.

N. B. rätselt erneut, und mehr noch als zuvor, was diese drei Menschen verbinden mag. Wieder geht er zum Chefsteward und sagt wie nebenbei, sogar ohne sich die Mühe zu machen, ihm ein Trinkgeld zu geben: »Ich glaube, ich kenne die drei Personen hinten in der zweiten Klasse ...« und er läßt seinen Satz in der Schwebe, bis der Mann, der diese Indiskretion gern begeht, anbietet, ihm die Passagierliste auszuhändigen. Anhand der Platznummern stellt N. B.

umstandslos die Namen dieser drei Passagiere fest, und zu seiner großen Verwunderung findet er drei verschiedene Namen. Die Frau ist tatsächlich Französin, der Junge offensichtlich Amerikaner, Steve Sowieso. Der Mann seinerseits hat einen holländischen Namen. Der Chefsteward flüstert ihm zu, es handele sich um jemand Wichtigen, mehr weiß er aber nicht.

Das Flugzeug landet. N. B. hat keine günstige Gelegenheit gefunden, dem jungen Mann die Visitenkarte mit seiner Telefonnummer zu übergeben. Hingegen haben sie einander mehrfach angesehen und sich weiter mit Bewegungen der Augen und der Brauen Zeichen gegeben. Die Menge der Passagiere erhebt sich, doch der junge Mann wird dicht an dicht von dem Mann und der Frau begleitet. Übrigens würde sich N. B. nicht wundern, wenn die Frau ihr kleines Spiel bemerkt haben sollte. Gleich nach Verlassen des Flugzeugs müssen die Passagiere einer nach dem anderen durch eine Zollkontrolle, einen schmalen, an beiden Enden von Vorhängen verschlossenen Durchlaß, der auf ein sehr langes Laufband hinausgeht, das zunächst aufwärts führt, dann wieder abwärts. N. B. wird durch die große Menge der Passagiere, die sich teilweise bereits in die Schlange vor der Zollkontrolle stellen, von dem jungen Mann getrennt, er hält seine Visitenkarte in der Hand. In dem Augenblick, bevor die drei Reisenden in den Gang eintreten wollen, weicht der junge Mann entschlossen zur Seite und läßt den Mann und die Frau vor, so daß er, dank der Vorhänge, vor ihren Blicken verborgen bleibt, für einen kurzen Moment. Da drängelt N. B. vollkommen ungeniert die anderen Reisenden beiseite und dringt eilig zu dem jungen Mann vor, dem er diskret seine Visitenkarte zusteckt. In dem Augenblick, als der junge Mann den zweiten Vorhang passiert und sich auf das Laufband stellt, hat er eben die Karte in die Tasche gesteckt und ist erneut für den Mann und die Frau sichtbar, die, ihm zugewandt, an der höchsten Stelle des Laufbandes stehen.

Am selben Abend schildert N. B. dieses Abenteuer einem Freund. Er ist zugleich sehr besorgt und sehr erregt: Wird der junge Mann ihn anrufen? Wird es ihm gelingen, dieses kleine Rätselspiel zu lösen? Tags darauf wagt er es nicht, sein Büro zu verlassen, wie er es sonst zu tun pflegt, aus Sorge, der junge Mann könnte in der Zwischenzeit anrufen. Durch die Trennwand zwischen seinem Zimmer und dem seiner Sekretärin lauert er auf die Anrufe. Endlich hört er, wie seine Sekretärin englisch spricht, und drückt hastig auf den Knopf der Gegensprechanlage: »Stellen Sie ihn durch!« sagt er, als erteile er ihr einen Befehl. Da, endlich, hört er die Stimme des jungen Mannes, der ihm zuflüstert: »Ich bin Steve, wir sind uns gestern in der Concorde begegnet, ich kann nicht lauter reden, ich bin in der Wohnung, die Situation ist sehr kompliziert, ich werde es Ihnen erklären ...« Er bitte ihn um ein Treffen. N.B. lädt ihn zum Essen ein, für den nächsten Tag, in die *Closerie des Lilas*. Gleich reserviert er einen Tisch unter dem Gewölbe, an einer günstigen Stelle. Der junge Mann kommt. Er heißt Steve, er ist neunzehn. Sein Vater ist gestorben, als er neun war, zunächst war er bei seiner Mutter geblieben, mit der er sich nicht vertrug, dann kam er zum besten Freund seines Vaters, einem reichen holländischen Baron namens Stefen J. Dieser Mann besitzt ein Haus in Palm Springs in Kalifornien, ein Appartment in New York, ein weiteres in Paris, in der Avenue Montaigne, ein Haus in Italien, in Reno, und ein Haus in Belgien. Er reist nie ohne seine Wahrsagerin, dieser ganz in Schwarz gekleideten Französin namens Françoise G. Sie sieht ständig, so sagt sie, den Schatten des toten Vaters, der dessen Sohn folgt.

Als Belohnung für eine bestandene Prüfung macht dieser Mann, den er »Pate« nennt, mit ihm eine Rundreise in große europäische Städte, Paris, danach Venedig, dann London. Die Wahrsagerin hat im Flugzeug den jungen Mann auf N.B. hingewiesen, wegen dessen außergewöhnlicher Ähnlichkeit mit dem verstorbenen Vater. Diese Frau hat ebenso wie der Mann, ohne es erkennen zu lassen, ihre Blickwechsel im Flugzeug verfolgt. Der junge Mann hat zugeben müssen, daß der Mann ihm diese Visitenkarte zugesteckt hat, die Wahrsagerin hatte es ohnedies bereits gespürt. Nach dem Anruf und der Einladung zum Essen bittet Stefen J., der holländische Baron, der »Pate«, den jungen Mann gemeinsam mit der Frau in sein Privatgemach. Er warnt Steve vor den Sitten gewisser Franzosen. Doch die Wahrsagerin sagt, er könne zu diesem Treffen gehen, er laufe keinerlei Gefahr. Schließlich muß der junge Mann sich zurückziehen, Stefen J. verhandelt allein mit seiner Wahrsagerin, um herauszufinden, ob er widerwillig seinen Schützling zu dem Treffen mit diesem Mann schicken muß, dem Doppelgänger seines verstorbenen Freundes. Nach dem Essen gehen N. B. und der junge Mann miteinander ins Bett.

Jacques Jouet

Insgeheim und in Träumereien sagt er sich weiter, während er daran glaubt und ohne daran zu glauben, daß sich eines Tages ein gekröntes Haupt in einen Supermarkt herabließ und, als er gerade an der Kasse eine Flasche von höchstem Preis – eine Bagatelle für ihn – zahlen wollte, nach der Hand der Kassiererin griff und sie von ihrem Sitz hob, auf der Stelle verliebt, wie er sie vor ihrem Gerät gesehen hat.

Sie wartete auf ihn... Honigmond in Bangkok... Dschunke auf dem Menam...

Nach dem Moment von Vollkommenheit wird man sie an irgendeiner Leukämie sterben lassen, um nicht das Entlieben zu erzählen.

Marguerite Duras

Atlantik Mann

Sie werden nicht in die Kamera schauen. Außer wenn es von Ihnen verlangt wird.
Sie werden vergessen.
Sie werden vergessen.

Daß Sie es sind, Sie werden es vergessen.

Ich glaube, es ist möglich, so weit zu kommen.

Sie werden auch vergessen, daß die Kamera da ist. Aber vor allem werden Sie vergessen, daß Sie es sind. Sie.

Ja, ich glaube, es ist möglich, so weit zu kommen, zum Beispiel ausgehend von anderen Vorstellungen, von derjenigen des Todes unter anderen, Ihres Todes, verloren in einem beherrschenden und namenlosen Tod.

Sie werden das anschauen, was Sie sehen. Aber Sie werden es unumschränkt anschauen. Sie werden versuchen zu schauen, bis Ihr Blick ausgelöscht sein wird, bis zu seiner eigenen Erblindung, und darüber hinaus werden Sie versuchen müssen, noch weiter zu schauen. Bis zum Ende.

Sie fragen mich: Was soll ich anschauen?

Ich sage, nun, ich sage, das Meer, ja, dieses Wort, vor Ihnen, diese Mauern vor dem Meer, dieses allmähliche Verschwinden, diesen Hund, diesen Küstenstrich, diesen Vogel im Wind des Atlantik.

Hören Sie zu. Ich glaube auch, daß es auf der Leinwand zu sehen wäre, wenn Sie nicht anschauten, was vor Ihnen ist. Und daß die Leinwand sich leeren würde.

Was Sie da gleich sehen werden, das Meer, die Fensterscheiben, die Mauer, das Meer hinter den Fensterscheiben, die Fensterscheiben in den Mauern, das werden Sie noch nie gesehen haben, niemals angeschaut.

Sie werden denken, daß das, was geschehen wird, keine Wiederholung, sondern daß es ein feierlicher Beginn ist, ebenso wie es Ihr eigenes Leben ist, aus sich heraus, in jeder Sekunde seines Verlaufs. Daß Sie im milliardenfachen Niederstürzen der Menschenwoge um Sie herum der einzige sind, der für sich selber steht, der einzige bei mir in diesem Moment des Films, der entsteht.

Sie werden denken, daß ich es bin, die Sie ausgewählt hat. Ich. Sie. Sie, der Sie in jedem Augenblick ganz Sie selbst sind, bei mir, und dies, was auch immer Sie tun, wie fern oder wie nah meiner Hoffnung Sie auch sein mögen.

Sie werden an sich denken, aber in gleicher Weise wie an diese Mauer, an dieses Meer, das sich noch nie hat sehen lassen, an diesen Wind und an diese Möwe, die zum ersten Mal voneinander getrennt sind, an diesen verlorenen Hund.

Sie werden denken, daß das Wunder nicht in der scheinbaren Ähnlichkeit aller Teilchen dieser Milliarden, dieses immerwährenden Niederstürzens, besteht, sondern in der unerbittlichen Verschiedenheit, die sie voneinander trennt, die die Menschen von den Hunden trennt, die Hunde vom Kino, den Sand vom Meer, Gott von diesem Hund oder von dieser unbeirrbaren Möwe im Wind, vom flüssigen Kristall Ihrer Augen und vom schmerzenden des Sandes, von der beklemmend stickigen Luft dieser Hotelhalle aus einer vergangenen Zeit, von der blendenden gleichmäßigen Helle des Strandes, von jedem Wort jedes Satzes, von jeder Zeile jedes Buches, von jedem Tag und von jedem Zeitalter und von jeder Ewigkeit, vergangen oder zukünftig, und von Ihnen und von mir.

Während Sie vorübergehen, werden Sie also an Ihre unveräußerliche Königswürde glauben müssen.

Sie werden weitergehen. Sie werden gehen, wie Sie es tun, wenn Sie alleine sind und glauben, daß jemand Ihnen zusieht, Gott oder ich oder dieser Hund, entlang dem Meer, oder diese tragische Möwe angesichts des Windes, so einsam vor dem atlantischen Gegenstand.

Ich wollte Ihnen sagen: Das Kino glaubt festhalten zu können, was Sie jetzt in diesem Moment tun. Sie aber, von da, wo Sie sein werden, wo auch immer es sei, ob Sie sich nun mit dem Sand verbündet haben sollten oder mit dem Wind, mit dem Meer oder mit der Mauer, mit dem Vogel oder mit dem Hund, Sie werden sich darüber im klaren sein, daß das Kino dazu nicht imstande ist.

Setzen Sie sich darüber hinweg. Achten Sie nicht darauf.

Gehen Sie weiter.

Sie werden sehen, alles wird ausgehen von Ihrer Bewegung entlang dem Meer, hinter den Pfeilern der Hotelhalle, von der Fortbewegung Ihres Körpers, die Sie bis zu diesem Augenblick für natürlich gehalten haben werden.

Sie werden sich nach rechts wenden, und Sie werden den Fensterscheiben entlang und dem Meer entlang gehen, dem Meer hinter den Fensterscheiben, den Fensterscheiben in den Mauern, der Möwe und dem Wind und dem Hund.

Sie haben es getan.

Sie sind entlang dem Meer, Sie sind entlang diesen Dingen, die miteinander versiegelt sind durch Ihren Blick.

Das Meer ist in diesem Augenblick zu Ihrer Linken. Sie hören sein Rauschen, vermischt mit dem des Windes.

In trägen Fluten strömt es auf Sie, auf die Hügel der Küste zu.

Sie und das Meer, sie sind ein und dasselbe für mich, ein und derselbe Gegenstand, derjenige meiner Rolle in diesem Abenteuer. Auch ich betrachte es. Sie müssen es betrachten wie ich, wie ich es betrachte an Ihrer Stelle, mit all meinen Kräften.

Sie sind aus dem Blickfeld der Kamera getreten.

Sie sind abwesend.

Mit Ihrem Weggehen ist Ihre Abwesenheit aufgetaucht, sie ist fotografiert worden wie eben zuvor Ihre Anwesenheit.

Ihr Leben ist weggerückt.

Allein Ihre Abwesenheit bleibt zurück, sie ist von jetzt an ohne jede Dichte, unmöglich, in ihr einen Weg zu finden, in ihr vom Verlangen überwältigt zu werden.

Sie sind eigentlich nirgends mehr.

Sie werden nicht mehr geliebt.

Nichts bleibt zurück von Ihnen als diese flimmernde, unstete Abwesenheit, die die Leinwand ausfüllt, die ganz alleine, warum nicht, eine Ebene des Wilden Westens bevölkert oder dieses verlassene Hotel oder diese Sandstrände.

Es ereignet sich nichts mehr außer dieser Abwesenheit, die im Schmerz untergegangen ist und die in einem Maße ohne Nachkommenschaft sein wird, daß man darüber wird weinen können.

Lassen Sie nicht zu, daß diese Tränen, dieses Leid von Ihnen Besitz ergreifen.

Nein.

Fahren Sie fort zu vergessen, nicht wahrzunehmen, was aus alledem wird und was aus Ihnen selber wird.

Gestern abend, nach Ihrer endgültigen Abreise, bin ich in dieses Zimmer im Erdgeschoß gegangen, das auf der Seite zum Park hin liegt, da, wo ich mich immer aufhalte im tragischen Monat Juni, in diesem Monat, mit dem der Winter beginnt.

Ich hatte das Haus gefegt, ich hatte alles gereinigt wie vor meinem Begräbnis. Alles war frei von Leben, leer, ohne Zeichen, und dann habe ich mir gesagt: Ich werde zu schreiben anfangen, um vom Trugbild einer sterbenden Liebe zu genesen. Ich hatte meine Sachen gewaschen, vier Sachen, alles war sauber, mein Körper, mein Haar, meine Kleider und auch das, was all das umschließt, den Körper und die Kleider: diese Zimmer, dieses Haus, dieser Park.

Und dann habe ich angefangen zu schreiben.

Während alles bereitet war für meinen Tod, habe ich angefangen, das aufzuschreiben, wovon ich gerade weiß, daß Sie unfähig sein würden, den Grund zu ahnen, das Werden wahrzunehmen. So spielt sich das ab. An Ihr Unverständnis wende ich mich immer. Andernfalls, sehen Sie, wäre es die Mühe nicht wert.

Aber Ihre Unfähigkeit war für mich auf einmal belanglos, ich überließ sie Ihnen, ich behielt nichts zurück, ich schenkte sie Ihnen, ich wünschte, daß Sie sie mitnähmen, daß Sie sie mitnähmen mit sich, daß Sie sie Ihrem Schlaf einverleibten, dem aufgelösten Traum von etwas, wovon Ihnen beigebracht worden war, es sei das Glück – damit meine ich die Verwesung des Einverständnisses im Glück der Liebenden.

Und dann ist der Tag wieder angebrochen, wie gewohnt, in Tränen und bereit zur Komödie. Und ein weiteres Mal hat sich die Komödie angeboten.

Und anstatt zu sterben bin ich auf diese Terrasse im Park gegangen, und ohne Gefühlsregung habe ich mit lauter Stimme das Datum des Tages gesagt, Montag, den 15. Juni 1981, an dem Sie gegangen waren, in dieser schrecklichen

Hitze, für immer, und von dem ich glaubte, ja, diesmal, daß es für immer sei.

Ich glaube, daß ich wegen Ihrer Abreise nicht gelitten habe. Alles war da wie gewohnt, die Bäume, die Rosen, der sich wandelnde Schatten des Hauses auf der Terrasse, die Stunde und der Tag, und Sie indessen, Sie waren abwesend. Ich glaubte nicht, daß Sie zurückkommen sollten. Auf den Dächern um den Park herum gurrten die Turteltauben, um zueinander zu finden. Und dann wurde es sieben Uhr abends.

Ich habe mir gesagt, daß ich Sie geliebt haben würde. Ich glaubte, daß ich mich bereits nur noch zögernd an Sie erinnerte, aber nein, ich irrte mich, es blieben diese Strände rund um die Augen, zum Küssen wie zum sich Ausstrecken auf dem warmen Sand, und dieser auf den Tod gerichtete Blick.

Da sagte ich mir, warum nicht. Warum nicht einen Film drehen. Schreiben läge zu sehr in der Zukunft. Warum nicht ein Film.

Und dann ging die Sonne auf. Ein Vogel flog über die Terrasse der Hausmauer entlang. Er glaubte, das Haus sei leer, und er kam so nahe an das Haus heran, daß er eine Rose anstieß, eine von denen, die ich »von Versailles« nenne. Das war plötzlich eine Bewegung, die einzige im Park unter der Ebene des einfallenden Sonnenlichts. Ich hörte, wie der Vogel die Rose streifte in seinem weichen Flug. Und ich schaute die Rose an. Zuerst rührte sie sich, als wäre sie zum Leben erweckt, und dann nach und nach wurde sie wieder eine gewöhnliche Rose.

Sie sind in diesem Zustand der Abwesenheit verblieben. Und ich habe einen Film über Ihre Abwesenheit gedreht.

Sie werden gleich wieder vor der Kamera vorbeigehen. Diesmal werden Sie sie anschauen.

Schauen Sie in die Kamera.

Die Kamera wird jetzt Ihr Wiedererscheinen einfangen, im Spiegel, der sich parallel zu jenem befindet, in dem sie sich sieht.

Rühren Sie sich nicht. Warten Sie. Wundern Sie sich nicht. Ich sage Ihnen dies: Sie werden wieder ins Bild kommen. Nein, ich hatte Sie nicht gewarnt. Ja, es wird wieder von vorne anfangen.

Sie haben bereits eine Vergangenheit hinter sich, eine Sequenz.

Sie sind bereits älter geworden.

Sie sind bereits in Gefahr. Die größte Gefahr, der Sie jetzt ausgesetzt sind, ist die, daß Sie sich selber ähnlich sehen, ähnlich demjenigen aus der ersten Sequenz, die vor einer Stunde gedreht worden ist.

Vergessen Sie wieder.

Vergessen Sie noch mehr.

Sie werden alle Zuschauer im Saal anblicken, einen nach dem andern und jeden für sich.

Merken Sie es sich gut: Der Kinosaal, er allein bedeutet sich selber die ganze Welt, ebenso wie Sie, Sie es für sich bedeuten, Sie, für sich allein. Vergessen Sie das nie.

Haben Sie keine Angst.

Niemand, niemand anderer auf der Welt als Sie wird tun können, was Sie jetzt gleich tun werden: hier vorbeigehen, zum zweiten Mal heute, von mir allein angewiesen, vor Gott.

Versuchen Sie nicht, dieses fotografische Phänomen zu verstehen, das Leben.

Dieses Mal werden Sie sterben bei Ihrem eigenen Anblick.

Sie werden den Apparat anschauen, wie Sie das Meer anschauten, wie Sie das Meer anschauten und die Fensterscheiben und den Hund und den tragischen Vogel im Wind und den stahlharten Sand angesichts der Wellen.

Zu Beginn der Fahrt wird die Kamera entschieden haben, was Sie anschauen. Schauen Sie. Die Kamera wird nicht lügen. Aber betrachten Sie sie wie einen Lieblingsgegenstand, von Ihnen erwählt, von Ihnen seit je erwartet, als hätten Sie sich entschlossen, es mit ihr aufzunehmen, mit ihr einen Kampf auszutragen auf Leben und Tod.

Tun Sie so, als hätten Sie in diesem Moment begriffen, daß Sie sie mit Ihrem Blick festhielten, daß sie es war, die Kamera, die als erste Sie töten wollte.

Schauen Sie um sich. Soweit das Auge reicht, werden Sie diese erstarrten Ebenen erkennen, diese Täler, gepflastert mit Kriegen und mit Freude, diese Täler des Kinos, sie schauen einander an, sie bieten sich die Stirn.

Wenden Sie sich ab.

Gehen Sie vorbei.

Vergessen Sie.

Entfernen Sie sich von dieser Kleinigkeit, dem Kino.

Der Film wird so bleiben. Fertig. Sie sind verborgen und gleichzeitig anwesend. Anwesend nur durch den Film hindurch, jenseits des Films, und jedem Wissen über Sie verborgen, jedem Wissen, das man über Sie haben könnte.

Während ich Sie nicht mehr liebe, liebe ich nichts mehr, nichts, außer Ihnen, noch immer.

Heute abend regnet es. Es regnet um das Haus und auch auf das Meer. Der Film wird so bleiben, wie er ist. Ich habe keine Bilder mehr, die ich ihm geben könnte. Ich weiß nicht mehr, wo wir uns befinden, an welchem Ende welcher Liebe, an welchem Wiederbeginn welcher anderen Liebe, in welche Geschichte wir uns verirrt haben. Nur bei diesem Film weiß ich es. Nur beim Film weiß ich, ich weiß, daß kein Bild, kein einziges Bild ihn länger machen könnte.

Den ganzen Tag über ist es nicht hell geworden, und es gibt nicht den leisesten Lufthauch in den Höhen der Wälder oder in den Feldern, den Tälern. Man weiß nicht, ob es noch Sommer ist oder das Ende des Sommers, oder eine trügerische, unbestimmte, schreckliche Jahreszeit, ohne Namen.

Ich liebe Sie nicht mehr so wie am ersten Tag. Ich liebe Sie nicht mehr.

Was jedoch noch immer bleibt, rund um Ihre Augen, sind diese Flächen, die den Blick umgeben, und dieses Leben, das Sie im Schlaf beseelt.

Es bleibt auch diese Erregung zurück, die mich ergreift, da ich nicht weiß, was ich damit anfangen soll, mit diesem Wissen, das ich um Ihre Augen habe, mit den Unermeßlichkeiten, die Ihre Augen erforschen, da ich nicht weiß, was darüber schreiben, was sagen und was zeigen von ihrer ursprünglichen Bedeutungslosigkeit. Darüber weiß ich nur dies: daß ich nichts anderes mehr zu tun habe, als diese Erregung auszuhalten wegen jemandem, der da war, jemand, der nicht wußte, daß er lebt und von dem ich wußte, daß er lebt, wegen jemandem, der nicht zu leben verstand, ich sagte es Ihnen, und wegen mir, die es wußte und die damit nichts anzufangen wußte, mit diesem Wissen um das Leben, das er lebt, und die auch mit sich selber nichts anzufangen wußte.

Man sagt, daß der Hochsommer sich ankündigt, es ist möglich. Ich weiß es nicht. Daß die Rosen schon da sind, im Innersten des Parks. Daß sie manchmal von niemandem gesehen werden zu Lebzeiten und daß sie so dastehen in ihrem Duft, in voller Blüte auseinandergerissen während einiger Tage, und daß sie danach zusammenfallen. Niemals gesehen von dieser einsamen Frau, die vergißt. Niemals gesehen von mir, so sterben sie.

Ich bin in einer Liebe zwischen Leben und Sterben. Durch diesen Mangel an Gefühl Ihrerseits finde ich Ihre Eigenart wieder: mir einfach zu gefallen. Ich glaube, mir liegt nur noch daran, daß das Leben Sie nicht verläßt, nichts weiter, wie es sich abspielt, läßt mich gleichgültig, es kann mir nichts beibringen über Sie, es vermag nur, mir den Tod näherzubringen, ihn zulässiger, ja wünschenswert werden zu lassen. Auf diese Weise stehen Sie mir gegenüber, zart, eine immerwährende, unschuldige, undurchdringliche Herausforderung.

Sie wissen es nicht.

Jacques Jouet

Ein Mann, der geliebt wird, geht trotzdem. In Sizilien trifft er eine Sizilianerin. Bis dahin nichts besonders Außergewöhnliches. Er überzeugt sie, den Wunsch zu teilen, ihr Haus in den Pyrenäen zu bauen. Das wird sie vier Jahre Liebe und Arbeit kosten: Wahl des Grundstücks, Widerspruch zum Architekten, Baugenehmigung, Einholen von Angeboten und die Farbe der Wände. Aber als die Tür steht und geölt ist, geht die Frau im letzten Augenblick nicht hinein.

Das Haus ist zu verkaufen, von Privat zu Privat.

Paul Fournel

Das Leben der Wörter

Mitten auf dem Marktplatz, direkt vor Doktor Desfleurs' Tür, die zuzumachen sie sich nicht einmal die Zeit genommen hatte, zum Stock erstarrt, die Beine leicht gespreizt und die Haare zerzaust, war Simone Marquet, die lange Simone, plötzlich ins Grübeln geraten.

»Die Wörter sind doch wunderliche Dinge«, dachte sie. »Vierzig Jahre lang weißt du nichts von ihnen, und dann fallen sie mit einem Schlag über dich her, wollen dich nicht mehr loslassen und ändern schließlich dein Leben ...«

Am Tag zuvor hatte ihr die Dame aus dem Großen Haus, bei der sie putzte, mit ihrem Lohn auch eine Nummer der Zeitschrift ELLE gegeben, die sie ausgelesen hatte.

Heimgekommen, hatte Simone das Geschirr, das sich im Spülbecken stapelte, Geschirr sein lassen und sich aufs ungemachte Bett gelegt, um die Bilder zu betrachten. Lesen war nicht ihre Stärke, aber sie liebte über alles die Fotos und die Modezeichnungen. Nichts brachte sie so sehr zum Träumen.

Auf der Titelseite sah man ein schönes Mädchen im Badeanzug, groß, schlank, sonnengebräunt.

Simone musterte sie, maß dann mit der Spanne der rechten Hand die Entfernung, die ihre Schulter vom äußersten Ende ihrer Brust trennte, um zu sehen, ob ihre Brust ebenso hoch angesetzt war wie die des Mädchens. Dann betastete sie ihre Brüste, um ihre Festigkeit zu beurteilen. In Anbetracht ihres Alters konnte sie sich zufrieden schätzen.

Und dann wurden ihre Augen von Buchstaben angezogen ...

Auf der linken Seite des Umschlags las sie in gelben, mit dem Badeanzug des Mannequins abgestimmten Buchstaben: *Unsere große Untersuchung der Woche: der Orgasmus.*

Und weil sie ihr ganzes Leben gearbeitet hatte, wußte sie, was eine Woche war; sie wußte auch, was *eine Untersuchung* war, sie ahnte, was eine *große Untersuchung* sein konnte, aber sie wußte absolut nicht, was ein *Orgasmus* sein konnte.

Gewöhnlich, wenn sie auf ein Wort stieß, das sie nicht kannte, übersprang sie es mit geschlossenen Füßen und stürzte sich auf das nächste Bild; diesmal hatte sie Lust, mehr darüber zu erfahren.

Sie suchte die Seite, auf der die Untersuchung begann, fand sie, las wieder den Titel oben links, und begann dann mit dem ersten Abschnitt des Artikels, der in größeren Buchstaben gedruckt war als die Fortsetzung.

Es gab immer ein bißchen Wortschwall am Anfang, ein bißchen Geschwätz, anschließend wurde dann der Gegenstand der Untersuchung klar dargestellt und definiert.

Noch nie hatte die lange Simone so schnell gelesen.

Mit müden Augen und brummendem Schädel ließ sie die Zeitschrift auf ihre Knie fallen.

Das also war es!

Sie konnte es gar nicht fassen.

Das hatte also einen Namen! Es war gelungen, in einem einzigen Wort all das leise Geplätscher zusammenzufassen, das in sie hineinschlüpfte und sich zu einer einzigen großen Welle vereinte, von der sie spürte, wie sie in ihrem Bauch immer stärker anschwoll und dann ihren angenehmen, lang anhaltenden Schaum in ihren Körper ergoß!

Ein Orgasmus!

Das hatte also einen Namen!

Ein Orgasmus!

Und dazu noch einen männlichen Namen!

Sie lächelte selig.

Es war, als ob plötzlich ein ganzer Teil ihres Lebens einen Sinn bekäme, als ob sie, ganz unerwartet, angefangen hätte, ein größeres Realitätsgewicht auf die Waage zu bringen.

Sie wiederholte das Wort »Orgasmus«, zuerst leise, dann stieß sie es aus wie einen kleinen Schrei, und sie lachte.

Sie verbrachte eine wunderbare Nacht.

Das neue Wort ließ ein unglaubliches Feuerwerk an Erinnerungen in ihr aufsteigen. Natürlich war es ihr unmöglich, sich an alle Orgasmen zu erinnern, die sie in ihrem Leben gehabt hatte, aber einige unter den denkwürdigsten fielen ihr wieder ein. Nie hätte sie sich träumen lassen, daß ihr

Gedächtnis so viele Einzelheiten über diese wunderbaren Augenblicke hatte behalten können.

Sie erinnerte sich an ihr erstes Kleinmädchenstreicheln an den langen Nachmittagen, an denen sie die Kühe hüten mußte, wobei sie den Treibstachel fest zwischen ihre Beine preßte; sie erinnerte sich an die schmutzigen Finger ihrer ersten Spielkameraden und ihrer ewigen Freundinnen; an ein etwas enges Höschen, das ihr in die Pospalte kniff…

Und dann erinnerte sie sich an den Tag, an dem der große Joseph sie zum ersten Mal am Bachufer genommen hatte, auf dem weichen Gras. Er zappelte so wild auf ihr herum, daß sie am Ende ins Rutschen gekommen waren und seine Füße im Wasser hingen. Die Strömung hatte seine Holzschuhe mitgerissen…

Sie erinnerte sich an die Zeit, in der sie hinter den Hirten herlief und Matthieu, der die Schafe hütete, sie aufrecht stehend auf dem schönen Berggipfel besessen hatte, vor dem Tal, vor dem ganzen Dorf, das sicherlich am Fenster lag, um zuzuschauen…

Sie erinnerte sich an einen Abend, an dem der Automechaniker sie zu sich gerufen und auf die Haube eines Autos gelegt hatte. Er knetete sie so heftig, daß noch acht Tage lang Spuren von Schmieröl auf ihren Brüsten zu sehen waren. Ihre Lust war diesmal so gewaltig gewesen, daß sie zu schreien angefangen hatte. Der arme Automechaniker hingegen war leer ausgegangen, so sehr hatte ihn die Angst gepackt, seine Frau könne herunterkommen. Sie sah wieder seinen schlaffen Piephahn, der unter seinem Bauch hing, und sein aufgelöstes Gesicht im Halbdunkel der Autowerkstatt…

Sie erinnerte sich auch an einen Abend nach dem Ball, es mußte bereits sehr spät gewesen sein, denn das Gras war schon naß, aber sie erinnerte sich nicht mehr mit wem…

Jede Beschwörung vergrößerte ihre Lust, und sie wiederholte unaufhörlich das magische Wort.

Sie erinnerte sich desgleichen an den Morgen, an dem Jean sie auf dem Traktor genommen hatte, ohne auch nur das Steuer loszulassen und ohne aufzuhören, hinter sich seine Furchen zu ziehen. Sie erinnerte sich sogar, daß er unaufhörlich den Kopf zur Seite neigte, um klar zu sehen und weiterhin die Furchen gerade zu ziehen…

Sie erinnerte sich auch an hundert andere, und erst bei Tagesanbruch gelang es ihr, gesättigt, einzuschlafen.

Am nächsten Tag verpaßte sie keine Gelegenheit, sich ihres neuen Wortes zu bedienen. Allerdings muß gesagt werden, daß die Gelegenheiten im Dorf eher selten sind. Sie benutzte es genau genommen nur zweimal: einmal bei Mademoiselle Thérèse, der sie auf dem Marktplatz begegnete und die den Kopf schüttelte, und einmal bei der Dame aus dem Großen Haus, die sie ganz seltsam ansah und sogleich zu einem nahe verwandten Thema überging:

»Und Ihre Schmerzen, Simone?«

»Es geht, es kommt.«

Die Schmerzen, die Simone im Bauch hatte, waren Anlaß eines ständigen Streits zwischen den beiden Frauen. Es stimmte allerdings, daß Simone manchmal bei der Arbeit, über ihren Besen gebeugt, innehalten mußte, aber sie hatte weniger Angst vor diesem Leiden, das sie kannte, als vor dem Arzt, den sie nicht kannte.

»Ich habe Sie bei Doktor Desfleurs angemeldet. Er erwartet sie nachher.«

Diesmal lehnte Simone nicht ab.

Sie lehnte nicht ab, weil sie froh war, ihr neues Wort bei einem Spezialisten anwenden zu können.

Diese Aussicht hinderte sie jedoch nicht daran, in den zehn Minuten, die sie im Wartezimmer saß, wie Espenlaub zu zittern. Der Äthergeruch verwirrte ihre Gedanken, und es gelang ihr beim besten Willen nicht, den Umweg zu finden, über den sie ihr neues Wort in die Unterhaltung einflechten würde.

Als sie dann, nackt, auf dem Untersuchungstisch lag und der Doktor anfing, ihren Unterleib abzutasten, hatte sie immer noch nicht die Lösung für ihr Problem gefunden. Sie konnte ihm schließlich nicht so völlig unerwartet sagen, daß sie Orgasmen hatte. Er würde die Achseln zucken und sie weiter befühlen, als ob nichts wäre.

Sie mußte ein *wissenschaftliches* Mittel finden, um das Thema anzugehen.

Der Doktor war fertig mit seiner Untersuchung. Er warf seinen Fingerling in einen emaillierten Abfalleimer und plötzlich hatte sich das Wunder ereignet.

Genau in dem Augenblick, in dem sie schon darauf verzichten wollte, ihm von ihren Orgasmen zu erzählen, hatte *er* das Wort ausgesprochen.

Simone wurde darüber ganz plötzlich von einer Welle des Glücks überflutet.

Er hatte es zwar ohne Fröhlichkeit gesagt, und was er anschließend noch gesagt hatte, hatte sie ein wenig abgekühlt, aber sie achtete so angestrengt darauf, die Rückkehr *ihres* Wortes in seinem Munde abzupassen, daß sie nicht alles ganz klar verstanden hatte.

Deshalb stand sie jetzt zum Stock erstarrt und in Nachdenken versunken mitten auf dem Marktplatz. Sie versuchte ihre Gedanken wieder ein bißchen zusammenzukitten und ein bißchen klarer zu sehen in dem, was der Doktor ihr gesagt hatte. Er hatte zwar nicht alle Einzelheiten erläutert, aber jetzt, wo sie das Wichtigste wußte, fühlte sie sich ganz und gar in der Lage sich vorzustellen, was passieren würde.

Sie würden nach unten sinken ...

Wenn man nicht ganz schnell machte, würde ihre Lust ihr zuerst in die Oberschenkel rutschen, dann in die Knie. Anschließend hätte sie ein paar Orgasmen in den Waden, dann würden sie in die Zehen stürzen ... Und danach? ... Nun, danach würde sie sich damit abfinden müssen, daß ihre Lust im Boden versank.

Kam gar nicht in Frage.

Ihr Entschluß war gefaßt. Bis dahin hatte sie sich widersetzt, weil sie nicht begriff, aber jetzt konnte keine Rede mehr davon sein, die Sache länger hinauszuschieben.

Sie machte kehrt, rannte in den Garten des Doktors und schrie ihm durchs offene Fenster zu, daß sie einverstanden sei, ins Krankenhaus zu gehen und die Operation zu wagen.

Philippe Sollers

Briefe von Sophie

Du fehlst mir. Ich werde schwarz gekleidet sein. Es wird sein, als kämen wir gerade vom Friedhof zurück. Ich sehe Dich, ebenfalls in Schwarz gekleidet, mit einem Ständer über das Grab gebeugt. Ich hätte gern, daß Du mir sagst: ›Madame ist eiskalt. Madame sollte es sich besorgen lassen, das wird sie wärmen.‹ Ich werde mich in meinen Trauerkleidern frei fühlen. Du wirst mir Deinen Samen geben, sobald ich sage: ›*Schnell, diese Trauerfeierlichkeiten haben mich erhitzt.*‹

Paß gut auf Deinen Samen auf; er soll milchig sein, wie ich ihn liebe.

Sophie.«

(Eine Nachricht, nach ihrer Ankunft im Wohnzimmer geschrieben und unter der Tür meines Büros hindurchgesteckt; leises Geräusch von Papier auf dem Parkett.)

»Ich dachte, Sie bei der Arbeit anzutreffen. Sie werden mir von Ihrer Arbeit erzählen. *Was haben Sie getan*, während ich mit meiner Toilette beschäftigt war, mich schließlich gewaschen und parfümiert habe?

– Untersuchung Ihres Slips.

– Untersuchung Ihres Schwanzes.

Sie werden sich in Ihr Zimmer zurückziehen.

Sie werden sich nackt und bestraft fühlen.

Ich werde kommen, um Sie zu erlösen. Sie werden bei folgenden Worten ejakulieren: ›*Spritzen Sie ab, es wird Zeit!*‹«

– (Postkarte im Umschlag; Porträt von Rousseau.)

»Ich erwarte Sie mit Ungeduld. Schnell. Ich habe Lust, Dich zu lecken, Dich zu lutschen, in Deine Zunge zu beißen.

Ich liebe Dich, Du fehlst mir.

Sophie.«

»Ich wünsche, Dich bei der Arbeit vorzufinden. Dann werde ich Deinen Slip untersuchen. Wir werden darüber sprechen. Ich werde Dich auf einen Stuhl setzen. Du wirst im Zimmer warten. Dann wird eine lange Untersuchung Deines Schwanzes folgen. Du wirst mich *bis auf die Knochen* aufspießen. Mich schaudert, wenn ich an diese Formulierung denke.

Du wirst bei folgenden Worten ejakulieren: ›*Machen Sie schon; es wird Zeit. Ich bin in Eile!*‹

Ich liebe Sie. Sophie.«

»Madame Roland an Buzot: ›Ich bin stolz darauf, in einer Zeit verfolgt zu werden, wo Charakter und Anstand verboten sind, ich hätte es [das Gefängnis] sogar ohne Dich mit Würde ertragen; aber Du machst es mir süß und teuer. Diese Schufte glauben, sie könnten mich überwältigen, indem sie mich in Eisen legen! ... Wie unsinnig! Was macht es mir schon, ob ich hier oder dort wohne? Trage ich denn nicht überall mein Herz mit mir, und wenn man mich in ein Gefängnis sperrt, heißt das nicht, daß man mich diesem Herzen voll und ganz ausliefert? [...] Die Ereignisse haben mir zu etwas verholfen, was ich ohne ein solches Verbrechen nie erlangt hätte. Wie zärtlich liebe ich diese Eisen, in denen es mir freisteht, Dich zu lieben und mich mit Dir unaufhörlich zu beschäftigen.‹

Du sollst wie ein Bär in Ketten knurren, damit ich Deinen Schwanz befreie. Ich sehe, wie er hervorschnellt. Bereite Dich darauf vor, ganz ausgezogen zu werden. Ich brauche nur an Deine Rute zu denken und schon fühle ich, wie ich lüstern werde. Ich weiß, was ich sage. Sei sowohl Hausdiener als auch Strichjunge, wenn ich Deine Hoden betaste. Ich könnte laut schreien, wenn ich daran denke, daß Du in den Keller hinuntergehen mußt, Deinen Ständer unter einer Gärtnerschürze. Ich schlinge dieses Bild in mich hinein, das nur zu meinem Entzücken gemacht wurde, wie ich Deinen Samen verschlinge. Nichts erregt mich mehr, als zu wissen, daß Du Dich in einen ungehobelten Hausdiener verwandeln kannst, der meinen Launen dient. Wenn mein Arsch mit Deinem Sperma überschwemmt wird: das ist meine Lust. Und ich werde nicht auf sie verzichten, wie Du weißt,

Dreckskerl. Du darfst ejakulieren wie der ungehobelteste aller Metzger, ich sehne mich schon danach.

Mach Dich auf die Untersuchung Deiner Rute gefaßt, Idiot. *Du wirst sie kriegen.*

Du wirst bei folgenden Worten abspritzen: ›*Ich muß noch einige Eintragungen überprüfen, geben Sie mir mein Rechnungsbuch.*‹

S.«

»Mein Schatz,

Sie werden mir mit offener Hose die Tür öffnen, damit ich sofort Ihren Schwanz taxieren kann.
Sie werden *meinen Kittel* bereithalten. Sie wissen schon, was Sie erwartet: eine lange und genaue Untersuchung Ihrer Rute. Ich werde Sie nackt ausziehen und Sie werden sich abtasten lassen wie ein unschuldiges und freudiges Schwein.

Gehorsam wirst Du mich vögeln. Du wirst bei folgenden Worten ejakulieren: ›Machen Sie mich fertig!‹

Iß unanständig beim Frühstück. Denke daran, daß ich Dich überwache und daß Du Dich auf Deine Aufgabe vorzubereiten hast: eine lasterhafte Sau zu ficken.

Auf daß Deine Hoden in Erwartung von mir stöhnen.

Sophie.«

»Mein Schatz,

Ich hätte es gerne dunkel. Der Rolladen soll geschlossen sein, ein unbeirrbares, rasselndes Eisengitter. Damit ich mit Deinem Schwanz abrechnen kann. Du sollst dabei draufgehen. Du sollst unterwürfig ankommen, bereit, Deinen animalischen Samen zu verspritzen. Du möchtest untersucht werden, befingert, umgedreht, das kannst Du kriegen. Mit aller Entschiedenheit. *Ich mag das.* Du siehst, ich bin eine gute Metzgerin, geizig und streng. Ich will Deinen Samen. *Ich fordere ihn.* Daß Du mir im Mund und über meinem Arsch ausläufst, gefällt mir. Ich krümme mich vor Lachen und mag es, wenn man mich krümmt. Es ist so schwer, mich vor Wut und Begierde erzittern zu lassen. Ich schlüpfe in die Rolle einer Metzgerin, ich werde dabei vor Wollust feucht, sie paßt zu mir. Es gibt keinen Schrei der Vulgarität, den ich nicht ausstoßen, keine niedere und schwarze

Begierde, die ich nicht vorbringen könnte. Denn ich bin es, die gemein und lasterhaft ist. Es genügt, wenn Du mich erregst. *Ja, nichts ist göttlicher als sich gierig und lasterhaft zu fühlen.* Meine Nässe sagt Dir das jedesmal. Ich werde feucht, wenn ich Dich sehe, wenn ich Dich höre. Für mich ist das ein Triumph, jedesmal feucht zu werden. Ein animalischer Triumph. Welche Freude!

Ich liebe Deinen Schwanz bis zum Wahnsinn. Ich liebe ihn, ich liebe ihn wirklich.

Ich bin glücklich, daß ich Sie liebe. Meine Liebe für Sie ist *perfekt*. Schon immer wollte ich Sie lieben – selbst in meiner Kindheit. Und nun liebe ich Sie wie eine Gnade und eine Herausforderung. Umso besser!

Sophie.«

Jacques Jouet

Ein Jäger hatte eines Tages seine Patronen vergessen. Als er bei sich zurück ist, sieht er einen Tankwagen, der vor dem Tor des Reihenhauses parkt. Ein enormer Schlauch führt zum Kellereingang. Er steigt aus seinem Wagen aus, ein starker Geruch von Heizöl überwältigt ihn. Auf der Treppe rutscht er beinahe auf öligen, übelriechenden Spuren von Schritten aus. Was sieht er, als er auf der letzten Stufe stehen bleibt? Seine Frau, die auf dem Fußboden unter einem riesigen Lastwagenfahrer liegt, beide bei der Liebesübung röhrend. Als das Heizöl aus dem Tank überläuft, zündet er es an, ehe er flüchtet. Vor Gericht wird er sagen, das war, um es ihnen wärmer zu machen.

Jean Marie Gustave Le Clézio

Die Zeit vergeht nicht

Am liebsten würde ich allen erzählen, wer Zobéïde war, wie schön sie war, wie einzigartig. Doch im selben Augenblick, da ich das sage, weiß ich kaum noch, wo ich anfangen soll. Ich erinnere mich nicht mehr, wie es kam, daß ich zum erstenmal mit ihr sprach, oder was sie zu mir sagte. Ich weiß nur noch, daß ich sie eines Tages auf dem kleinen Platz oberhalb der Rue Rossetti gesehen habe. Jetzt hat sich alles verändert, die Straße, in der ich wohnte, ist nicht mehr dieselbe, die alten Häuser sind neu verputzt worden, die Bewohner hat man verjagt, um die Wohnungen an Deutsche und Engländer verkaufen zu können. Jetzt gibt es neue Geschäfte, wo seltsame Dinge angeboten werden, Perserteppiche zum Beispiel oder normannische Spitze, Räucherstäbchen und Duftkerzen. Die Treppenhäuser, in denen kreischende Kinder spielten, die Durchgänge und Innenhöfe, wo Bettlaken zum Trocknen hingen, all das sieht jetzt anders aus, vielleicht weil Zobéïde nicht mehr da ist. Sie ist verschwunden, nicht nur aus der Gegenwart, sondern auch aus der Vergangenheit, als hätte man sie ausradiert, als wäre sie von einem Felsen gesprungen und hätte dabei ein Loch in den Himmel des Alltags gebohrt, oder von einem Hochhaus, ins brennende Blau hinein, um zu verschwinden wie die Vögel, die man fast nie tot auf der Straße findet.

Zobéïde war der Name, den ich mir für sie ausgedacht hatte. Ihr richtiger Name lautete Zoubida. Ich heiße David, doch aus Spaß rief sie mich Daoud. Und so habe ich ihren Namen Zobéïde erfunden. Aber das war nur ein Spiel zwischen uns beiden.

Ich habe niemals genauer erfahren, wo sie herkam. Von Anfang an verwischte sie ihre Spuren. Alles an ihr war rätselhaft. Zum erstenmal sah ich sie auf dem kleinen Platz, dort, wo sich die Jungen nach dem Unterricht zum Kicken oder zum Boxen trafen. Sie ging vorbei, ohne irgend jemanden anzusehen, und verschwand in den dunklen Gassen. Ich weiß nicht mehr genau, was sie anhatte, weil ich sie in meiner Erinnerung immer auf dem Foto sehe, das sie mir eines Tages schenkte, als wir uns bereits häufiger trafen. Ein Klassenfoto, auf dem sie in der ersten Reihe sitzt. Auf diesem Bild finde ich sie sehr schön, sehr eigenartig. Da sprüht ein Funke in ihr, in ihrem dunklen Blick, am Grund ihrer Augen. Dabei trägt sie viel zu große, viel zu alte Sachen, wie die Kinder armer Leute. Einen weißen Rock mit einem seltsamen Volant um die Knie, wie der Unterrock einer Zigeunerin. Ein Jungenhemd mit aufgekrempelten Manschetten, damit es ihr besser paßt, und fürchterliche Kniestrümpfe aus schwarzer Wolle, und dann die Schuhe, nicht etwa mädchenhafte Sandalen, sondern viel zu große Tanzschuhe, deren Riemen anscheinend locker sitzen.

Dieses Foto habe ich mir wer weiß wie oft angeschaut, um endlich zu begreifen. Als stünde in den Gesichtern eine geheime Geschichte geschrieben, die ich irgendwann entziffern könnte. Sie brachte mir dieses Foto eines Tages mit, als wir im Park spazierengehen wollten, und sie zählte mir alle Namen der abgebildeten Jungen und Mädchen auf, eine Litanei, die sie auswendig konnte. »Martine Eyland, Cécile Sappia, Marie-Antoinette Lieu, Raïssa Laabi, Alain Pagès, Sophie Gerardi, Maryse Aubernet, Nadia Cohen, Pierre Barnoud, Fadila…« An bestimmte Namen erinnere ich mich noch, ich hatte ihrer Stimme aufmerksam gelauscht, als sie sie aussprach, und das war mir das Wichtigste auf der Welt.

Was ich sehe, ist vor allem ihr Gesicht, ihr Gesicht in diesem Alter, auf diesem Bild, der vollkommene Bogen ihrer Brauen, wie mit Kohle gezeichnet, ihre dunklen, tiefen, leuchtenden Augen und die schwarzen Haare, in denen sich das Licht festkrallt. Als ich sie kennenlernte, trug sie ihr Haar noch in einem dicken Zopf, der ihr bis zur Taille ging. Sie zeigte sich niemals mit offenem Haar, und ich stellte mir vor, wie der lange schwarze Schopf, einem Regenguß gleich, über Schultern und Rücken herabfiel. Auf dem Foto sitzt sie in der ersten Reihe, ihren Rock zwischen den Knien gerafft wie eine Zigeunerin, den Blick geradeaus in die Kamera gerichtet, weder schüchtern noch kokett. So schaut sie, um sich zu verteidigen, vielleicht auch, um jeglicher List zuvorzukommen. Damals, als ich sie auf dem kleinen Platz in meinem Viertel kennenlernte, trug sie nie eine Sonnenbrille.

Diesen Blick kann ich nicht vergessen. Auf dem Bild sitzt sie kerzengerade da, die Hände auf den Knien, die Schultern eckig, den Kopf von der Schwere des Zopfes leicht nach hinten gezogen. Ihre Stirn ist glatt, begrenzt von dem Balken ihrer Brauen, und in ihrem Blick zuckt die hastige Flamme ihres Lebens. Sie schaut durch die matte Beschichtung des Fotos hindurch, es kommt mir vor, als hätte ihr Gesicht als einziges einen Blick, und ringsum lauter Unbekannte. Ich habe oft versucht, mir vorzustellen, was sie wohl für die anderen war, für Martine und Sophie, Maryse Aubernet, Nadia Cohen oder die beiden Jungen in ihrer Klasse, diesen Pierre Barnoud mit dem schüchternen Gesicht eines blonden Knaben oder diesen Alain, der fast eine Grimasse schneidet. Wie hat sie unter ihnen leben können, ohne daß die anderen sie sahen? Als ich einmal bei ihr war, gegen Ende schon, erzählte sie mir zum ersten und letzten Mal vom Lycée Français, den Lehrern, dem Schulweg, den sie morgens früh zu Fuß zurücklegen mußte, um aus der Satellitenstadt dorthin zu kommen, und abends wieder zurück. Da sagte sie es: daß sie keine Freunde habe, daß sie mit niemandem spreche, daß sie sich für unsichtbar halte. Und ich schaue mir ihr Gesicht auf dem Bild an und sehe nur noch sie.

Zu Beginn spielte ich Versteck mit Zobéïde. Vielleicht wegen der Armut, in der sie ihre Kindheit verbracht hatte, oder weil sie nichts von mir oder von sonstwem wissen wollte. Mehrmals sah ich sie vorübergehen und in den engen Gassen verschwinden. Eines Abends, nach dem Unterricht, folgte ich ihr, um ihre Adresse zu erfahren, ihr Geheimnis aufzudecken. Es war nicht das erste Mal, daß ich jemandem auf der Straße nachging. Ich kann sogar behaupten, daß ich ziemlich geschickt bei einem solchen Unterfangen bin. Genau so war ich schon etlichen zwielichtigen Typen gefolgt und ein paar Mädchen, die nicht das geringste merkten. Bei Zobéïde wurde ein echtes Abenteuer daraus, es schleuste mich quer durch die ganze Stadt.

Ich erinnere mich noch an diesen endlosen Marsch, die Plätze, die sie überquerte, die Kreuzungen, zwischen zwei

Autos hindurch. Wir waren schon über den Bahnhof hinaus, in Vierteln, die ich nicht kannte. Da gab es leuchtende Neonschilder, Cafés, Hotels, Leute auf der Lauer, Huren mit müden Augen. Und vor mir immer die Silhouette Zobéïdes, die schnell ging und wunderschön aufrecht, ihr blauer Rock, ihre Jacke und der lange schwarze Zopf, der auf ihrem Rükken hin- und herwippte.

Bis zu diesem einfachen Mietshaus direkt an der Bahnlinie, mit dem seltsamen Namen, der in Gipsbuchstaben über der Eingangstür prangte: *Happy days*. Ich schlüpfte hinter ihr in den Eingangsflur und las in aller Eile die Namen auf den Briefkästen, während die Schaltuhr der Flurbeleuchtung tickte, Namen, an die ich mich jetzt noch erinnere, als wären sie magisch. Sie waren mit der Hand auf kleine Kärtchen geschrieben, die an den Kästen klebten: Balkis, Savy, Sauvaigo, Eskenazy, André, Delphin. Am Ende der Reihe, in hübscher Handschrift auf ein Rechteck aus Schreibpapier geschrieben und mit Heftzwecken befestigt, stand dieser Name, der für mich zum wichtigsten und schönsten der Welt geworden ist, ein Name, der mir vorkommt, als hätte ich ihn immer schon gehört: Alcantara. Da traute ich mich sogar, die Treppe ein paar Stufen hochzugehen, seltsame Stufen aus Schiefer, die in der Mitte so abgelaufen waren, daß man aus dem Gleichgewicht kam. Ich horchte auf die Geräusche, die im Treppenhaus hallten, plötzliche Stimmen, Kinderschreie, das animalische Brummen der Fernseher.

Dort wohnte Zobéïde, mit ihrer Mutter, wie ich kurz darauf erfuhr. Nur die beiden, ganz allein, und die Mutter ging niemals aus, weil sie nichts anderes als Arabisch sprach. Mehrmals bin ich Zobéïde bis zu dem Haus gefolgt und dann heimgekehrt, mit klopfendem Herzen und brennendem Gesicht, weil ich mich fühlte, als beginge ich einen Verrat. Und vielleicht tat ich das ja auch. An einem Abend, der Sommer hatte gerade begonnen, der Unterricht war zu Ende, da kam Zobéïde auf mich zu. Ich erinnere mich genau, es war an einer hohen Steinmauer, die an der Bahnlinie entlangführte, es gab kein Entrinnen. Sie kam auf mich zu, und ich weiß nicht mehr genau, was sie zu mir sagte, aber ich spürte, wie die hohe Mauer glühte, den ganzen Tag von der

Sonne aufgeheizt, und wie mich Zobéïdes Augen voller Wut anstarrten. Sie sagte irgend etwas wie: »Warum läufst du dauernd hinter mir her?«

Ich hatte keine Lust zu leugnen.

»Du glaubst wohl, ich hätte dich nicht gesehen, wie ein Hündchen hinter mir her?«

So sah sie mich eine ganze Weile an, dann zuckte sie die Achseln und ging weg. Ich blieb an die Mauer gelehnt stehen, ich dachte, ich müßte umfallen, eine solche Leere spürte ich in mir. Doch nach dieser Begegnung sind wir dann Freunde geworden. Ich verstehe nicht ganz, warum sich alles geändert hat. Vielleicht mußte sie innerlich darüber lachen, daß sie mich ein Hündchen genannt hatte. Eines Tages kam sie ganz einfach auf den kleinen Platz und fragte, ob ich mit ihr spazierengehen wolle. Wir liefen durch den staubigen Park. Es war Morgen, doch der Asphalt schmolz schon unter der Hitze. Sie trug einen hellen Rock und ein weißes Hemd mit aufgekrempelten Manschetten, wie auf dem Foto. Im offenen Halsausschnitt sah ich ihre braune Haut, den vagen Umriß ihrer Brüste. Ihre Beine waren nackt, und ihre bloßen Füße steckten in Sandalen. Wir spazierten Hand in Hand. Ich glaube, das war es, was mir so gefiel, als sie mir das Foto zeigte. Denn für sie lag das noch gar nicht so lange zurück, und wenn ich die Augen schloß und ihrer Stimme lauschte, ihren Geruch einsog, kam es mir vor, als wäre ich mit ihr in dieser Schule, bei den anderen. Als hätte ich sie immer schon gekannt.

Es war richtig Sommer, heiß bis in die Nacht. Kaum aufgestanden, war ich auch schon draußen. Mein Vater und meine Mutter machten sich über mich lustig, vielleicht ahnten sie etwas. Sie stellten sich einen Flirt vor, mit einem Mädchen aus unserem Viertel, mit Marie-Jo, der Tochter der Nachbarn unter uns, einem sehr blassen Mädchen mit schönen blonden Haaren. Sie wußten von nichts.

Wir sahen uns jeden Tag. Wir gingen gemeinsam los, ließen uns durch die Straßen treiben, aufs Meer zu oder in die Hügel, um dem Getöse der Autos zu entkommen. Wir setzten uns unter die Pinien und betrachteten die weiße, dunstige Stadt. Um zehn Uhr morgens war es schon so heiß, daß mir das Hemd am Rücken klebte. Ich erinnere mich an

Zobéïdes Geruch, einen solchen Duft hatte ich noch nie gerochen, würzig, stark. Zu Anfang störte er mich, dann liebte ich ihn und konnte ihn nicht mehr vergessen. Es war ein Geruch, in dem etwas Wildes lag, ein Begehren, von dem mein Herz noch heftiger pochte. Ich wurde in dem Monat sechzehn, im Juni, und obwohl sie nur zwei Jahre älter war als ich, hatte ich das Gefühl, gar nichts zu wissen, ein Kind zu sein. Sie entschied alles, wann sie mich traf, wohin wir gingen, was wir unternahmen und was wir sagten. Sie kannte sich aus. Die Hitze des Sommers, die Straßen, die Pinien in der Sonne, all das lastete betörend auf uns und ließ einen das Gedächtnis verlieren. Einmal sagte ich zu ihr: »Warum willst du mich sehen? Was willst du?«

»Einfach so. Ohne besonderen Grund. Weil ich Lust dazu habe.«

Sie beäugte mich spöttisch. Ich wußte nicht, was ich von ihr wollte. Nur ihr Gesicht anschauen, ihre dunklen Augen, ihre Haut berühren, ihren Körper in den weißen Kleidern umfassen, ihren Duft riechen.

Manchmal gingen wir schwimmen, früh am Morgen oder gegen Abend, wenn der Strand sich leerte. Unter ihrer Kleidung trug Zobéïde einen winzigen schwarzen Bikini. Sie sprang ohne Zögern ins Wasser und schwamm lange unter der Oberfläche, dann kam sie wieder hoch, und ihr schwarzes Haar schwebte um ihren Kopf. Sobald sie wieder an Land war, packte sie es mit einem Griff und drehte es zusammen, zum Auswringen. Sie steckte sich eine amerikanische Zigarette an, und wir schauten aufs Meer, wie die Wellen ans Ufer brandeten und Abfälle anschwemmten. Der Himmel war nebelverhangen, dahinter leuchtete rot die Sonne. Ich weiß noch, ich erzählte ihr von Venedig. »Ja, so muß es in Venedig sein.« Aber eigentlich dachte ich, daß es vielleicht auch in ihrem Heimatland so aussah, in Syrien, im Libanon oder vielleicht in Ägypten, in diesem Land, von dem sie niemals sprach, als wäre sie nirgendwo zur Welt gekommen.

An einem Nachmittag lagen wir ausgestreckt auf Piniennadeln in den Hügeln und küßten uns zum erstenmal. Ich machte es schnell und ungeschickt, wie im Kino, aber sie küßte mich gleich ganz ungestüm, ihre Zunge bewegte sich in meinem Mund wie ein Tier. Ich bekam Angst, fühlte mich unterlegen, so nah war ich noch keinem anderen menschlichen Wesen gekommen. Sie machte das drei- oder viermal, dann wandte sie ihr Gesicht ab. Sie lachte kurz auf und sagte spöttisch: »Ich bin der Teufel!« Ich verstand sie nicht. Ich fühlte mich trunken, mir war, als hätte ich den Geschmack ihres Speichels noch auf der Zunge, das Licht des Nachmittags blendete mich. Zwischen den Bäumen hindurch sah ich die weiße Stadt und den Dunst, der ganz allmählich vom Meer aufstieg, das Schillern der vielen tausend Autos in den Gleisen der Straßen. Zobéïde rannte plötzlich durch das Wäldchen davon, spielte Versteck hinter den Stämmen, hinter den Felsen. Da waren noch andere Paare auf den Lichtungen und lauernde Zuschauer. Oben auf dem Hügel fuhren langsam Autos vorbei. Zobéïde kletterte noch höher, sie verbarg sich hinter Vorsprüngen und schmiegte sich an alte Mauern. Ich hörte ihr Lachen, als ich näherkam. Ich begehrte sie, und ich hatte Angst, sie könnte es merken. Als es dunkel wurde, stiegen wir wieder zur Stadt hinab, über lange, von Zypressensamen bedeckte Treppen. Die Vögel des Abends stießen merkwürdige, angstvolle Schreie aus. Unten trennten wir uns brüsk voneinander, ohne ein Wort, ohne eine neue Verabredung zu treffen, als würden wir uns nie wiedersehen. Das war ihr Spiel, sie sperrte sich gegen alles, was sie hätte festhalten können. Ich hatte Angst, sie zu verlieren.

Damals schenkte sie mir das Foto. Sie steckte es in einen alten gelben Umschlag und gab es mir: »Da, das ist für dich. Ich möchte, daß du es für mich aufhebst.« Wie ein Schwachkopf sagte ich feierlich: »Ich werde es mein Leben lang bewahren.« Doch sie mußte gar nicht darüber lachen. Ihre Augen leuchteten seltsam, fiebrig. Jetzt, da ich das Bild betrachte, begreife ich, daß sie damit sich selbst verschenkte. Als hätte sie niemals ein anderes Leben, ein anderes Gesicht gehabt. Und das ist alles, was mir von ihr bleibt.

Die letzten Augenblicke haben sich mir tief eingegraben, auch wenn sie so unwahrscheinlich und verworren waren, daß ich manchmal glaube, ich hätte nur geträumt: wie ich nachts bei Zobéïde bin, auf dem Dach des verlassenen Hauses, und wir betrachten die Sterne der Stadt. Wie ist das möglich? Ich habe das Haus nie wiederfinden können, ich habe nie begriffen, was mir in jener Nacht widerfuhr und wie all das passierte. Ich nehme an, Zobéïde hatte alles vorhergesehen, ohne wirklich daran zu denken, auf ihre Weise eben. Ich meine, sie wußte bestimmt, daß wir uns nie wiedersehen sollten. Sie hatte bestimmt schon lange vor jener Nacht entschieden, daß sie fortgehen und alles, was sie kannte, hinter sich lassen würde, daß ihre schweigsame Mutter dort arbeiten mußte, wo man sie wollte, und daß sie nicht in die kleine Dachwohnung im *Happy days* zurückkehren würde. Doch die Erinnerung an jene Nacht scheint mir die außergewöhnlichste von allen zu sein, der Welt auf dem Klassenfoto ganz nah, ja, ich glaube, in jener Nacht bin ich ihr am allernächsten gewesen. Es war der 14. Juli, wir waren am Strand und sahen uns das Feuerwerk an. Es war heiß und schwül, die Wolken der Raketen zogen wie Nebelschwaden übers Meer. Und plötzlich gab es eine Schlägerei am Strand. Männer prügelten sich im Dunkeln, Araber auf der einen, stationierte Soldaten auf der anderen Seite. Die Menge riß uns mit, auf sie zu, wir stolperten über die Steine. Im aufblitzenden Licht schnitten die Gesichter Grimassen, ich hörte es über der ganzen Stadt knallen. Frauen schrien auf, Beleidigungen schwirrten durch die Luft, und ich suchte Zobéïde, dann landete ein Faustschlag auf meiner Schläfe, und ich taumelte, doch ohne zu stürzen. Ich hörte Zobéïdes Stimme, die mich rief, ein einziges Mal: »Daoud!«, und dann, ich weiß nicht wie, ergriff sie meine Hand und zerrte mich über den Strand davon. Bei der Stützmauer blieben wir stehen. Mir zitterten die Knie. Zobéïde drückte mich an sich, und wir suchten die Treppe, um zu fliehen. Noch bevor die Lichter zurückkehrten, hatten wir die Menge durchquert und rannten durch die Straßen, ohne Ziel, im Zickzack zwischen den Autos hindurch.

Am Ende unserer Flucht standen wir vor einem Rohbau, einem stillen, leeren Betongehäuse mitten auf einer Brache. Auf Leitern erklommen wir ein Stockwerk nach dem anderen bis ganz oben. Das Dach war wie die Wüste, voller Geröll, Schlacke und Eisenstücke. Der Wind blies heftig, der Wind vom Meer, der Wind, der die Klippen angreift. Zobéïde setzte sich an einen Schornstein oder einen Wassertank, ich weiß es nicht mehr, und zog mich neben sich. Mir wurde ganz schwindlig. Da war das Rauschen des Windes, der wie in Atemzügen pustete, das Rauschen des Windes, der vom Grund des schwarzen Himmels kam, über die Hausdächer, die Straßen und Boulevards hinweg.

Die Nacht brach herein. Nach der erstickenden Hitze des Tages, dem Licht der Raketen, dem Lärm der Menge und diesem schrecklichen Kampf am Strand, im Dunkeln, nach den verzerrten Gesichtern, den aufleuchtenden Raketen, den Pfiffen und Schreien brachte die Nacht Frieden, und mir schien, als wäre ich woanders, ganz weit weg, in einem fremden Land, als könnte ich alles von dieser Stadt vergessen, die Gassen, die Blicke der Menschen, alles, was mich festhielt und mir weh tat. Mich überlief ein Schauer, aber nicht vor Kälte, sondern vor Angst und Begehren. Da war das Licht der Stadt, eine Art rote Glocke, die über der Erde vor uns schwebte. Ich betrachtete Zobéïdes Gesicht, ihre Stirn, ihre Lippen, den Schatten ihrer Augen. Ich wartete auf etwas, ohne zu wissen, auf was. Ich umfaßte sie mit einem Arm, wollte ihr Gesicht zu mir ziehen, aber sie machte sich los. Ich glaube, sie sagte nur: »Nein, nicht so, nicht hier...« Sie sagte: »Was willst du?« Diese Frage hatte ich ihr zuvor gestellt. »Nichts, ich will nichts. Es ist schön, hier zu sein und nichts zu wollen.« Mir ist, als hätte ich das gesagt, aber vielleicht habe ich es nur geträumt. Und vielleicht sagte ich dann noch: »Das ist gut, jetzt haben wir so viel Zeit, wie wir wollen.« Man sagt so viele Dinge in seinem Leben, und dann verblaßt das Gesagte und ist gar nichts mehr. Das, was ich hören wollte in der Musik des Himmels, im Brummen der Autos, das von den Straßen der Stadt emporstieg in dieser Glocke aus rotem Licht um uns her, als säßen wir mitten im Nordlicht. Was ich einem Mädchen sagen wollte, wie im Kino: »Ich liebe dich. Meine Geliebte.« Daß ich sie küssen wollte, ihre Brüste berühren, in den Hügeln mit ihr schlafen, begleitet vom Rauschen des Windes, dem Duft der Pinien, den Mücken, daß ich ihre weiche Haut spüren wollte, ihren Atem hören, wie er langsam rauh wird, als habe sie Schmerzen. Wenn ein Junge die Nacht mit einem Mädchen verbringt, muß nicht genau das passieren? Aber ich zitterte, ich brachte nicht einen Ton mehr heraus. Sie sagte: »Ist dir kalt?« und drückte mich an sich, die Hände unter meinen Armen. »Sollen wir uns küssen?« Ihre Lippen berührten die meinen, und ich versuchte, es mit meiner Zunge so zu machen wie sie in den Hügeln. Plötzlich stieß sie mich schroff zurück und sagte: »Ich tu, was ich will.« Sie stand auf und ging bis an den Rand des Dachs, mit ausgebreiteten Armen, als wollte sie davonfliegen. Der Wind fuhr in ihre Kleider, ihr Haar. Das rote Licht bildete eine merkwürdige Aureole um ihre Gestalt. Ich dachte, sie sei wahnsinnig geworden, aber es machte mir keine Angst mehr. Ich liebte sie. Zobéïde kam zurück, schmiegte sich an mich. Sie sagte: »Ich gehe schlafen. Ich bin so müde, so müde.« Ich zitterte nicht mehr. Und dann sagte sie noch: »Nimm mich ganz fest in die Arme.«

Ich selbst schlief nicht. Ich schaute zu, wie die Nacht sich drehte. Der Himmel war immer noch von dieser Glocke aus rotem Licht erfüllt, man sah fast keine Sterne. Da drehte und bewegte sich etwas anderes. Die Stadt hallte wider wie ein leeres Haus. Zobéïde schlief tatsächlich. Sie hatte ihren Kopf in die Armbeuge gelegt, und ich spürte sein Gewicht auf meinem Schenkel. Sie wachte nicht auf, nicht einmal, als ich ihren Kopf auf meine zusammengerollte Jacke bettete und zum anderen Ende des Daches ging, um ins Leere zu pinkeln, während der Wind in den Schornsteinen pfiff.

Im Morgengrauen erwachte sie. Mir tat alles weh, als wäre ich verprügelt worden. Wir trennten uns, ohne etwas zu sagen. Als ich nach Hause kam, hatten meine Eltern kein Auge zugetan. Ich hörte mir ihre Vorwürfe an und legte mich angezogen ins Bett. Drei Tage lang war ich krank. Danach habe ich Zobéïde nicht wiedergesehen. Selbst ihr Name war vom Briefkasten verschwunden.

Seither ist jeder nahende Sommer ein leerer Raum, fast tödlich. Die Zeit vergeht nicht. Ich bin immer unterwegs in den Straßen, verfolge den Schatten Zobéïdes auf der Suche nach ihrem Geheimnis, bis zu dem Mietshaus mit dem lächerlichen und traurigen Namen *Happy days*. All das rückt immer mehr in die Ferne, und doch bekomme ich immer noch Herzklopfen davon. Es war mir nicht gelungen, sie zurückzuhalten, zu erraten, was vor sich ging, die Gefahren zu begreifen, die ihr auflauerten und sie jagten. Ich hatte doch Zeit, nichts war wichtig. Geblieben ist mir nur dieses Foto, aufgenommen in einer Schule, auf der ich nie gewesen bin. Und die Erinnerung an jene Zeit, da jeder Tag gleich war, ein einziger Tag des Daseins, lang und brennend, an dem ich alles lernte, was man vom Leben erwarten kann, die Liebe, die Freiheit, den Duft der Haut, den Geschmack der Lippen, den dunklen Blick, das Begehren, das einen zittern läßt wie die Angst.

Jacques Jouet

Er träumte von einem Mädchen, das dieselbe Nase (ziemlich dick), denselben hinkenden Gang, dieselben linken Anschauungen, dieselben sexuellen Vorlieben (cunnilingus) wie er hätte. Ja, von einem solchen Mädchen träumte er. Am Ende liebte er einen Jungen, der auf Penetration versessen, überzeugter Monarchist, ein großer Wanderer war und die kleinste Nase der Welt hatte.

Dominique Buisset

Wie ich zum Kunstliebhaber wurde

Justine hatte mehr als einen Liebhaber. Eine Zeitlang gehörte ich zu den Glücklichen. Von Anfang an war klar, daß sie offiziell die Geliebte eines Malers war, der fast doppelt so viel Jahre zählte wie wir. Selber anderweitig verheiratet, ermöglichte er ihr das Studium, indem er sie mit einer Bleibe und einigen finanziellen Zuwendungen versorgte. Ich konnte absolut nichts dagegen einzuwenden haben, da ich erklärtermaßen der Auserwählte war. Zwar schwebte über unseren Häuptern die eventuelle Heirat mit einem Ganoven, der sein Glück in Afrika suchte, aber Afrika war weit weg, und die Annehmlichkeit meiner Situation verlangte eine großzügige Sicht der Dinge. Was mir Justines heimliche Gunst eingetragen hatte, wußte ich nicht genau, hatte es aber gern dem Spiel des Zufalls und ihr überlassen: ich hatte nicht die Initiative ergriffen, ich war buchstäblich im Sturm erobert worden. Sie hatte großen Charme, zog alle Blicke auf sich, und wenn wir jemanden aus ihrem Bekanntenkreis trafen, deutete sie ungeniert auf mich:

»Darf ich vorstellen: mein neuer Liebhaber!«

Ich sah keinerlei Grund, nicht verrückt nach ihr zu sein.

Das Appartement, das sie in Montparnasse bewohnte und, was Nebenkosten und Miete anging, dank der liebenswürdigen Pünktlichkeit von Maublanc, dem Maler, auch bezahlen konnte, war hübsch eingerichtet, aber vor allem reichlich mit Zeichnungen, Aquarellen und Gemälden des Meisters und seiner engsten Freunde dekoriert. Sie empfing mich dort zu Zeiten, wo wir sicher waren, daß ich nicht nach längerem Aufenthalt in Kleiderschrank oder Kochnische überstürzt das Weite würde suchen müssen. Maublanc wohnte, trotz schlechter Beziehungen, nach wie vor bei seiner Frau und gab zu festen Zeiten einige Stunden Zeichenunterricht, um sein Einkommen aufzubessern. Außerdem duldete Justine aus Gründen der Erziehung oder der Erfahrung nicht, daß man sie besuchte, ohne sich vorher per Telefon anzukündigen. So hatten wir bei einem Minimum an Vorsicht kein unvermutetes Erscheinen zu befürchten. Es verstand sich offenbar von selbst, daß Maublanc nicht merken würde, wenn ich zufällig seinen Rasierapparat oder seine Zahnbürste benutzte, manchmal allerdings mußten wir die Zeit im Auge behalten, und Justine schickte mich fort, wenn das Ende einer Unterrichtsstunde näherrückte, nach der ihr Mentor bei ihr vorbeikommen wollte. In der Vorstellung, daß ich der blinde Passagier sei, nahm ich die Sache von der positiven Seite. Und es kam nicht selten vor, daß ich auf dem Weg zur Metro Maublanc am Steuer seines Sportwagens ankommen sah. Ich liebte Justine und verspürte keine Eifersucht.

Ich hatte allen Grund zu vermuten, daß Maublanc sich keinen Illusionen hingab. Eines Abends, als Justine und ich uns anschickten, die Nacht bei hilfsbereiten Freunden zu verbringen, obwohl sie sich mit ihm hätte treffen sollen, hatte ich am Telefon mit angehört, wie sie meisterlich die gekränkte Unschuld spielte, ohne daß ich deshalb zu glauben vermochte, er habe sich wirklich täuschen lassen. Ich wußte aus Erfahrung, daß es Momente gab, in denen Justine keine Widerrede gestattete und auch nicht duldete, daß man einen Zweifel erkennen ließ, Momente, in denen es ihr gleichgültig war, ob sie ihren Gesprächspartner überzeugt hatte, sofern er sich nur bereit fand, so zu tun als ob; und ich verstand durchaus, daß Maublanc sich lieber geduldig seiner Eifersucht aussetzte als dem Risiko, Justine zu verlieren. Er liebte sie. Ich auch. Und nach und nach kam es mir vor, als entwickelte sich durch die Liebe zu derselben Frau zwischen ihm und mir, ohne daß er davon wußte, eine Art brüderliches Verhältnis. Nicht die abstoßende Brüderschaft alter Bordellkumpane, die aus demselben Becher trinken, sondern eine Intimität, um die nur Justine und ich wußten und derentwegen wir ohne eine Spur der anzüglichen Ironie von ihm sprachen, zu der man sich hätte bemüßigt fühlen können. Bei allem Lug und Trug empfand Justine doch eine krampfhafte Zuneigung ihm gegenüber, die mehr war als nur Dankbarkeit, weil sie ohne ihn nicht hätte studieren können. Und der Spott aus ihrem Mund klang eher zärtlich.

Ging es um seine Malerei, war sie offenbar der Ansicht, die geringste Kritik von ihrer Seite sei schändlichster Verrat. Gleich bei unserem ersten Rendezvous von fünf bis sieben erwartete sie offenkundig, nachdem wir Bekanntschaft miteinander gemacht hatten und heißer Tee in aller Ruhe neben dem Bett auf den Teppichboden tropfte, daß ich mich, den Blick auf die Wand gerichtet, meiner Bewunderung hingäbe.

Nun war das alles nicht gerade avantgardistisch. Es waren vor allem Landschaften in dem Genre, wie man sie resigniert mit guten Wünschen auf der Rückseite seiner Großmutter zu Neujahr schickt, und einige Portraitkarikaturen, im Gegensatz zu denen die Zeitungskarikaturen zumindest den unbestreitbaren Vorteil des Schnellvergänglichen hatten. Natürlich fand sich darin nicht die Spur einer Provokation, die ich jedoch als den Prüfstein echter Kunst ansah; und ich hielt sie deshalb für sehr mittelmäßig.

Aber Justine war eindeutig anderer Ansicht:

»Natürlich ist das nicht sonderlich avantgardistisch, aber die gehen uns doch langsam auf die Nerven mit ihrer Avantgarde! Oder etwa nicht?«

Ich hüllte mich vorsichtig in Schweigen, als wäre ich zu sehr in die Betrachtung vertieft, um antworten zu können.

»Ich habe lieber Bilder um mich, die ich schön finde und mir gern ansehe«, fuhr sie fort, »als moderne Malerei, bei der es mir jedesmal hochkäme, wenn ich nur einen Blick darauf werfen würde. Findest du nicht, daß ich recht habe?«

Ich schüttelte den Kopf mit einer Miene, die alles und nichts bedeutete, und räusperte mich. Länger konnte ich die Antwort nicht hinauszögern.

»Du mußt das ja nicht mögen«, schloß Justine und lächelte bereits etwas zähneknirschend. »Aber mir gefällt es sehr!«

Gegen meine sonstige Gewohnheit ließ ich mich dazu herbei, Sinn für Nuancen zu beweisen. Und vor Justines leicht gerümpfter Nase kapitulierte ich bald auf der ganzen Linie und nannte Werke, die ich spontan mit jugendlicher Schärfe als Schinken bezeichnet hätte, »interessant« oder »nicht schlecht«. Zum ersten Mal sah ich mich vor die Notwendigkeit gestellt einzuräumen, daß das, was ich für eine objektive Wahrheit der heutigen Kunst hielt, letztendlich vielleicht nur ein persönlicher Geschmack war. Ich dachte mir trotzdem mein Teil, aber ich war bereit, Justine zuliebe vieles über Bord zu werfen …

Auf dieser Basis etablierten sich unsere Beziehungen. Wir hatten von nun an als Zwischenspiel einen Gedankenaustausch auf leisen Sohlen, wobei ich versuchte, ihr klarzumachen, ohne sie zu verletzen, daß ihr Geschmack nicht meiner sei. Es konnte mir nicht entgehen, daß sie darüber verstimmt war. Sie mochte sich mit konziliänter Vorsicht noch so sehr bemühen, es zu verbergen, ich war mir meiner eigenen Anstrengungen nur zu sehr bewußt, als daß ich ihre nicht ermessen hätte.

Eines Tages fand ich bei ihr alles umgeräumt. Das Bett stand an einem anderen Platz. An den Wänden hingen nicht mehr dieselben Bilder und Zeichnungen. Vor allem aber hatte man vom Bett aus eine weitere Perspektive: Man umfaßte mit einem Blick deutlich mehr als vorher!

»Maublanc hat in sechs Monaten eine Ausstellung«, erklärte Justine, »und er sagt, er braucht meine Eindrücke und meine Bemerkungen. Deshalb will er nacheinander alles bei mir aufhängen, woran er bis dahin arbeitet, damit ich es eine Weile vor Augen habe und ihm etwas dazu sage. Dafür mußte Platz geschaffen werden.«

Sie machte ein etwas verlegenes Gesicht, war aber offensichtlich im siebten Himmel.

»Verstehst du«, sagte sie mit einem feinen Lächeln, »er schätzt die Frische und die Spontaneität, mit der ich seine Arbeit betrachte, gerade weil ich nichts davon verstehe! Er sagt, es hilft ihm, über manches nachzudenken und das eine oder andere auch wieder aufzugreifen …«

Sie lachte mutwillig auf und fuhr fort:

»Nun ja, ich verstehe nicht so recht, was ihm das nützen kann, aber ich kann es ihm wirklich nicht abschlagen!«

Das konnte sie wirklich nicht, das mußte ich zugeben.

Unsere Interludien gingen weiter. Ich glaubte, Maublancs Malerei gegenüber meine Pflicht voll erfüllt oder doch mein Möglichstes getan zu haben; allerdings mußte ich meinen

Kommentar noch sorgfältig ausarbeiten und verfeinern. Es sollte ja für sechs Monate reichen… Ohne daß auch nur ein einziges Stöhnen über meine Lippen kam, machte ich mich erneut an die Arbeit.

Ich mußte einen deutlich formulierten und vor allem treffenden Eindruck äußern. Ich bemühte mich, zu jedem Gemälde, zu dem kleinsten Aquarell oder der kleinsten Zeichnung wenigstens eine positive Bemerkung zu machen und meinen Vorbehalten nicht allzu viel Raum zu geben. Denn Justine bestrafte oder belohnte mich ganz beiläufig nach meinen Verdiensten als Kritiker. Ich ertappte mich dabei, daß ich zunehmend aufmerksamer wurde gegenüber dieser Arbeit, auf die ich noch wenige Monate vorher und wenn Justine nicht gewesen wäre, kaum einen Blick verschwendet hätte…

Oh, es war nicht wirklich beschämend! Maublanc hatte bisweilen ein gutes Auge und in mancher Hinsicht eine glückliche Hand. Aber ich ließ mich auch von dem Spiel des indirekten Austauschs mit dem Maler gefangennehmen. Tatsächlich konnte ich keinen Zweifel daran haben, daß die räumliche Neuordnung Maublancs Idee gewesen war: Wenn man vom Bett aus den ganzen Fächer seiner laufenden Produktion so gut überblicken konnte, dann war das weiß Gott nicht nach meinem Sinn! Er mußte Justine unter genau den gleichen Umständen über seine Werke befragen, unter denen sie mich befragte! Ich erging mich nicht weiter in Vermutungen darüber, ob sie bei ihrer Unterhaltung über Malerei Tee tranken; nach dem, was ich verstanden zu haben meinte, hegte Maublanc eine in meinen Augen etwas konventionelle Vorliebe für Champagner. Ich bevorzugte dagegen die andachtsvollere Kunst des Teetrinkens.

Nach und nach konnten wir feststellen, daß Maublanc – wie Justine es angekündigt hatte – offenbar tatsächlich großen Wert auf ihre Gedanken legte. Im Zuge der wechselnden Bilder sahen wir eine Zeichnung oder ein Aquarell wieder auftauchen, wo ein Pinselstrich, ein Schatten, ein Detail oder manchmal sogar die Farbe eines Bildes verändert worden war. Das war eine Reaktion – Zustimmung oder Widerspruch – auf einen Eindruck von Justine, einen Eindruck, von dem ich nichts gewußt oder den sie mir gegenüber geäußert und dann jedenfalls Maublanc mitgeteilt hatte. Manchmal war es auch auf eine längere Diskussion zwischen uns zurückzuführen, und dadurch sah ich mich insgeheim mit dieser Malerei verbunden, die mir zu Anfang so sehr mißfallen hatte.

Unsere Diskussionen waren oft lebhaft und immer wieder von Küssen und Umarmungen unterbrochen. Je näher der Termin rückte, desto mehr riß uns das Spiel mit. Die ästhetischen Auseinandersetzungen, gepaart mit dem Schweiß des körperlichen Beisammenseins, machten dieses nur noch wilder. Und wir zuckten und keuchten um so heftiger, je mehr unsere Liebe mit jener seltsamen ehebrecherischen Einmischung in die Produktion eines anderen durchsetzt war.

Dann kam der Tag der Vernissage. Ich deutete die Möglichkeit meiner Teilnahme an. Justine protestierte mit äußerster Energie. Rot vor verletztem Schamgefühl, verbot sie mir, dort zu erscheinen, wobei sie vorgab, Maublanc in seiner Aufmerksamkeit gegenüber allem und jedem werde sich verpflichtet fühlen, jeden Besucher mit einem liebenswürdigen Wort zu begrüßen.

»Stell dir vor«, sagte sie, »er kommt auf dich zu und will eine Unterhaltung mit dir anfangen … Wie stündest du da! Und ich! Ich würde in Ohnmacht fallen!«

Ich verdächtigte sie, ein wenig zu übertreiben.

»Auf jeden Fall wüßte ich nicht, wohin vor Verlegenheit. Und das würde er mir sofort anmerken, er ist ein sehr guter Beobachter! Nein, nein! Du darfst nicht kommen! Wenn du willst, kannst du ja irgendwann in die Galerie gehen, wenn er nicht da ist … Dann sind wir beide ruhiger!«

»Du sagst doch selbst«, protestierte ich, »daß er während einer Ausstellung seine ganze Zeit in der Galerie verbringt!«

»Seine ganze Zeit … seine ganze Zeit! Nun ja … Wir wollen nicht übertreiben!«

Ich insistierte nicht länger.

Brav wartete ich einige Tage und grünes Licht von Justine ab, bis ich hinging, um mir die Ausstellung anzusehen. Sie hatte mir versichert, daß ich keine Gefahr laufen würde, plötzlich Auge in Auge Maublanc gegenüberzustehen.

Es war spätnachmittags, und in der schon strahlend hell erleuchteten Galerie machte das meiste, was dort hing, auf den ersten Blick einen sehr guten Eindruck auf mich. Besonders einige Gebirgslandschaften, die ich zunächst für akademisch, im Stil des neunzehnten Jahrhunderts, gehalten hatte, fand ich letztlich doch sehr wirkungsvoll und von einer metaphysischen Melancholie angehaucht, gegen die ich längst unempfindlich zu sein glaubte. Kurz, ich betrachtete das ganze nicht nur ohne Mißfallen, sondern entdeckte einen Charme darin, der unterschwellig auf mich wirkte. Mein anfänglicher Widerwille war verschwunden: Die Vertrautheit zweifellos und die besonderen Umstände, unter denen diese entstanden war, ein heimlicher Stolz, nicht gänzlich unbeteiligt an der Bereicherung dieser Malerei zu sein, all das bewirkte, daß ich ein unbestreitbares Vergnügen dabei empfand, hier und da eine Form oder eine Farbkombination wiederzufinden.

Und doch spürte ich – vielleicht weil ich diese Art Kunst so lange verachtet hatte? – ein Unbehagen: irgend etwas stimmte nicht. Ich machte mehrere Runden durch die Galerie, einmal in der einen, einmal in der andern Richtung, und fragte mich, was nicht in Ordnung sei. Die Aufhängung und die Präsentation, auch die Beleuchtung, alles schien mir wirkungsvoll und diskret. Selbst die Spiegelreflexe, die den Blick behindern, hatte man zu vermeiden gewußt. Der Besucher konnte nahe herangehen, dann wieder Abstand nehmen, ohne durch derlei Störungen behindert zu werden. Ich ließ mir die Gelegenheit nicht entgehen und bewegte mich, ohne weiter darüber nachzudenken, ständig hin und her, so daß ich mich bald den Werken näherte, bald mich von ihnen entfernte, wobei ich die große freie Fläche in der Mitte des Raumes nutzte und innerlich über meine Eindrücke vor mich hin monologisierte. Trotzdem gab es nach wie vor irgend etwas, das meine Stimmung trübte …

So weit also war es mit mir gekommen? Es gelang mir fast schon, dieses Zeug zu mögen! In was hatte mich Justine da hineingezogen? … Justine! … Natürlich! … Plötzlich wußte ich, was es war: Meinem Vergnügen fehlte der Austausch! Es fehlte Justine! … Und die große Leere in der Mitte der Galerie, dieser weiße nackte Fußboden, das war der Raum ihres Betts! ... Justine! ... Mein Gott! In diesem Augenblick... Klar konnte sie sicher sein, daß ich Maublanc nicht begegnen würde! Ich spürte den heftigen Stachel einer für mich neuen Bitterkeit: Ich war auf einmal nicht mehr so sicher, daß ich der heimliche Auserwählte war.

Was für eine Täuschung! Das etwas verschämte, einsame Vergnügen, das ich in diesem Augenblick genoß, mußte ich doppelt büßen! Ich hatte damit gespielt, mich in Maublancs Werke hineinzuschmuggeln, ich hatte Gefallen an der Vorstellung einer heimlichen Zusammenarbeit mit ihm gefunden, bei der ich meinen Teil beisteuerte. Aber plötzlich stellte ich mir, mit einer diesmal für mich schmerzlichen Präzision, auf dem Teppichboden neben dem Bett statt meiner zierlichen Teekanne aus durchscheinendem Porzellan eine häßliche, bauchige Champagnerflasche vor.

Da war es um mein inneres Wohlbefinden und meine Sicherheit geschehen. Ich konnte nicht ermessen, was alles in mir Schiffbruch erlitt, aber ich spürte die Kante des Eisbergs meine Brust entlanggleiten.

Und ich wußte, daß es mir nicht möglich sein würde, den Riß wieder zu kitten.

Hinterher war mir nicht recht klar, ob ich Justine oder Justine mich verlassen hatte ... Aber jedesmal, wenn eine Ausstellung meines ehemaligen Beischlafbruders angekündigt wird, versäume ich nie, obwohl ich seinen Stil nicht sonderlich mag, im Besucherbuch die unleserliche Unterschrift eines unbekannten Passanten zu hinterlassen.

Ich kaufe eine Zeichnung oder ein Aquarell, die ich bar bezahle, und verschenke sie auf gut Glück, denn die Welt muß sich weiterdrehen.

Roland Topor

Der Salzgeschmack des Lebens

Eigentlich hatte er kein Anrecht auf den Titel. Das Diplom besaß seine Frau Georgette. Doch seit sie 1969 die Große Zentralapotheke übernommen hatten, war er es, der sich hauptsächlich um die Kundschaft kümmerte, so daß Monsieur Bertin für alle Welt der Apotheker geworden war.

Abgesehen davon, daß Raymond liebend gern mit den Leuten schwatzte. Jeder Verkauf, so bescheiden er auch sein mochte, war Anlaß für einen regelrechten Gesamtüberblick mit Austausch der Gesichtspunkte über die Politik, die kleinen Geschehnisse des Tages und die lokalen Ereignisse. Er gab nie ein Röhrchen Aspirin oder ein Fläschchen Shampoo ab, ohne über die Wirksamkeit des Mittels zu diskutieren, das er unweigerlich mit anderen verglich, wobei er die Vor- und Nachteile abwägte, mit Hilfe zahlreicher entsetzlicher Anekdoten bewußt Verwirrung stiftete, um im Kopf des Käufers zuerst Zweifel und dann Angst entstehen zu lassen. Sobald ihm das gelungen war, wurde er der Herr des Spiels und konnte nun jedesmal seinen Willen durchsetzen. Diese Handlungsweise hatte nicht nur den Profit im Auge. Raymond empfand ein ausgesprochenes Lustgefühl dabei, wenn er die Leute manipulieren konnte. Diese harmlosen Gespräche verschafften ihm eine Art sinnlicher Befriedigung, ein Gefühl absoluter Macht. Er schöpfte aus ihnen neue Kraft, die ihm erlaubte, wieder Vertrauen zu seiner nachlassenden Männlichkeit zu fassen.

Da er eher ein schöner Mann war, trotz seiner beginnenden Kahlköpfigkeit, und sich in einer gesuchten Sprache ausdrückte, ganz die alte Schule, flößte er mehr Vertrauen ein als Georgette, die immer unmöglich angezogen und immer in Eile war. Zwischen der Arbeit im Labor, den Reptherstellungen, der Buchhaltung und den täglichen Verrichtungen im Haushalt blieb ihr kaum Zeit für sich selber. Während er von der Koketterie eines Hagestolzes war, neigte sie dazu, sich zu vernachlässigen. Er machte es ihr manchmal zum Vorwurf.

»Wirklich, Georgette, schau nur, wie du frisiert bist! Du könntest wenigstens Lippenstift auflegen. Und deine Haut ist trocken. Es gibt da ein neues Produkt, das gerade hereingekommen ist, du solltest es ausprobieren.«

»Wenn du alles glaubst, was die erzählen, um ihre Kosmetika zu verkaufen!«

»Madame Fouillard benutzt es, sie kann nicht mehr darauf verzichten.«

»Madame Fouillard, wer ist denn das?«

»Die Frau des Architekten, du weißt doch, Fouillard, der das Haus der Rennequins gebaut hat.«

»Rennequin?«

»Der Vater ist Generalrat, der Sohn hat in die Confiserie am Marktplatz eingeheiratet.«

Sie zuckte die Achseln.

»Du kennst alle diese Leute besser als ich. Was solls, ich habe eben keine Zeit. Und außerdem, was würde es schon bringen, wenn ich mich herausputzen würde?«

Um Michel zu gefallen?

Michel war der einzige Angestellte der Apotheke. Ein junger, undankbarer Mann mit pickligem Gesicht. Sein Anblick widerte Raymond dermaßen an, daß er ihm verbot, in seiner Anwesenheit in Erscheinung zu treten und ihm nur den Raum hinterm Laden zugestand.

Raymond Bertin war einundvierzig Jahre alt. Er war drei Jahre jünger als seine Frau, für die er nie eine leidenschaftliche Liebe empfunden hatte. Sie hingegen, eine junge Studentin ohne Erfahrung aus der Provinz, war wahnsinnig verliebt gewesen. Als sie sich kennenlernten, vor siebzehn Jahren, hatte er gerade darauf verzichtet, ein mäßig betriebenes Jurastudium abzuschließen und die Absicht, sich freiwillig zur Armee zu melden oder sein Glück in Afrika zu versuchen. Das Schicksal hatte für ihn gewählt: die Apotheke in N..., in der Charente. Dieses monotone Leben mißfiel ihm nicht. Wenn er das Bedürfnis empfand, auszubüchsen, ließ er sich von Michel ersetzen und sah sich in einem der einschlägigen Kinos am andern Ende der Stadt einen Pornofilm an. Er verließ das Kino nach Ordnung lechzend und voller Empörung über die Unmoral dieser Art von Darbietungen. Er kaufte sich die letzte Nummer der Zeitschrift »Westliche Werte«, ein rechtsradikales Blatt, das er in der Kneipe gegenüber dem Mädchengymnasium in der Rue de Nantes las. Angefeuert von den Leitartikeln, schielte er mit gesteigerter Kühnheit nach den kleinen Mädchen, die auf dem Bürgersteig in ihren Jeans herumscharwenzelten.

Zurück in der Apotheke war er dann gegenüber den Kunden und vor allem den Kundinnen doppelt beflissen und von mondäner Aufmerksamkeit. Das erotische Crescendo des Tages fand seinen endgültigen Höhepunkt dank Georgettes, wenn diese erschöpft einschlief, sobald sie sich ins Bett legte.

Dieser leblose Körper, denn Georgette hatte einen bleiernen Schlaf, erlaubte es Raymond, seine im Verlauf der vorangegangenen Stunden gespeicherten Phantasmen zu befriedigen. Er machte eine Marionette aus ihr, sein Ding. Er gab ihr ganz nach Laune seiner Phantasie diese oder jene Stellung, spreizte ihre Beine, veränderte den Winkel des Kopfes, ordnete geschickt die Falten der Laken um eine Brust, einen Schenkel herum, baute rudimentäre Szenarien auf, in denen sie nacheinander die Kundin, die Hure, das kleine Mädchen oder die Heilige verkörperte. Und während sich Raymond am Gesicht, an den Brüsten, den Pobacken seiner Frau rieb, hielt er zusammenhanglose Reden, in der er mal als Herr und Meister, mal als Sklave, mal als Priester und mal als Krieger auftrat. Seine im Grunde ziemlich harmlose Manie hatte seit kurzem eine beunruhigende Entwicklung erfahren. Zwei Nächte hintereinander war Georgette zu einer höchst unpassenden Zeit wachgeworden und hatte die Glaubwürdigkeit des Stückes dadurch ruiniert, daß sie aus der passiven Rolle, die ihr zugedacht war, heraustrat. Aufs Glücklichste von der Aufmerksamkeit überrascht, als deren Gegenstand sie sich plötzlich entdeckte, hatte sie am Liebesspiel teilnehmen wollen. Sie war aktiv, bewußt, lebendig geworden.

Das war mehr, als Raymond ertragen konnte. Um diesen ärgerlichen Bekundungen aus dem Wege zu gehen, mußte er sich dazu entschließen, eine Dosis Schlafmittel in den Lindenblüten-Minztee zu schütten, den Georgette jeden Abend zu sich nahm. Dank dieser Kriegslist brauchte er von nun an nicht mehr zu fürchten, unterbrochen zu werden. Sie wachte jeden Morgen mit den Worten auf: »Gott, habe ich gut geschlafen!« Es hätte also alles zum besten gestanden, wäre da nicht eine etwas unliebsame Begleiterscheinung gewesen.

Wenn Georgette ihr Schlafmittel intus hatte, schnarchte sie. Das triviale Geräusch, das sie hervorbrachte, hatte auf Raymond die Wirkung einer kalten Dusche. Adieu Huren, Mätressen, Sklavinnen! Adieu Inspiration! Adieu Lust! Der mächtige und lächerliche Atem seiner Frau, zur Trompete geworden, erinnerte ihn grausam daran, wie lebendig sie war. Manchmal war er nahe daran, der Lust nachzugeben, das Schlafmittel durch Gift im Lindenblüten-Minztee zu ersetzen. Doch er wußte genau, daß er, wenn Georgette stürbe, die Apotheke verkaufen, sein Leben ändern, arbeiten müßte. Und dies auch nur unter der Voraussetzung, daß es ihm gelänge, den Verdacht der Polizei zu zerstreuen … Nein, es war keine gute Lösung.

Eines Nachts, gegen ein Uhr morgens, als er gerade im Begriff war, sich mühsam neben seiner schlafenden Frau zu erregen, hörte er die Klingel für den Notdienst. Da das Schlafzimmer direkt über dem Laden lag, ging er ans Fenster, um nachzusehen, wer der nächtliche Besucher war. Die wachsende Anzahl von Überfällen auf Apotheken machte eine solche Vorsicht notwendig. Er war beruhigt, als er feststellte, daß es sich um eine einzelne Frau handelte, doch als zusätzliche Vorsichtsmaßnahme schob er trotzdem eine Dose mit Reizgas in die Tasche seines Morgenrocks.

Das Aussehen der jungen Frau, die vor ihm stand, nachdem er den Riegel der Tür im hinteren Ladenraum zurückgeschoben hatte, verursachte ihm einen Schock. Fahl wie eine Tote. Ihre großen dunklen Augen leuchteten fiebrig in einem ausgemergelten Gesicht. Ihre schwarzen Augen verstärkten noch die außerordentliche Blässe ihres Teints. Sie war mit einem schwarzen Plastikregenmantel bekleidet, an dem der Regen herablief und der so eng um die Hüften geschnürt war, daß der Gürtel ihr ins Fleisch zu schneiden schien.

»Ich bin Diabetikerin, ich brauche Insulin. Ich habe natürlich einen Vorrat zu Hause, aber ich habe mich mit meinem Freund gestritten und möchte nicht zu ihm zurückgehen, nur deswegen. Entschuldigen Sie bitte, daß ich Sie um diese Zeit störe …«

»Sie stören mich nicht. Kommen Sie herein, bleiben Sie nicht da im Regen stehen. Das ist ja ein unchristliches Wetter.«

Raymonds Stimme zitterte vor Aufregung. Er konnte nicht an die Wirklichkeit der Erscheinung glauben. Dieses Geschöpf gehörte nicht zur gleichen Welt wie seine anderen Kundinnen, die Fouillards, die Rennequins, die Debauches, die Montpezats. Sie schien aus seiner eigenen Phantasie emporgestiegen, um ihm endlich die Möglichkeit zu geben, seine geheimsten Begierden zu befriedigen.

Sie machte ihre Tasche auf.

»Ich muß ein Rezept haben, aber ich bin ohne Geld aus dem Haus gegangen. Ich werde Ihnen einen Scheck ausstellen, wenn es Ihnen nichts ausmacht.«

Sie schwankte, während sie weiterhin mechanisch in ihrer Handtasche wühlte.

»Ich bitte Sie, Madame, das ist doch ohne Bedeutung. Setzen Sie sich.«

Er nahm sie am Arm, um sie bis zu einem Metallstuhl zu führen. Er stellte fest, daß sie Pumps mit sehr hohen Absätzen trug. Zwölf Zentimeter, vielleicht mehr. Sicherlich eine Prostituierte. Eine Professionelle, die in den wahnsinnigsten Aberrationen spezialisiert ist. Die Berührung mit dem Regenmantel ließ ihn erzittern.

»Vielen Dank, Monsieur, ich fühle mich nicht sehr wohl. Ich habe zu lange gewartet.«

Als er mit einer Schachtel Ampullen und einer Spritze aus dem Lager zurückkam, fand er sie bewußtlos auf dem Boden liegen, die Arme über Kreuz.

Zuerst hielt er sie für tot.

Das erschreckte ihn nicht. Im Gegenteil, er betrachtete den Pseudo-Leichnam heiter und gelassen, das Herz von Dankbarkeit erfüllt gegenüber der Vorsehung, die ihm dieses wunderbare Geschenk machte. Ohne nachzudenken kauerte er neben ihr nieder und löste den Gürtel, um ihr den Regenmantel auszuziehen. Dieser Vorgang ging nicht ohne eine gewisse Schwierigkeit ab, denn schwerfällig fiel sie mal nach der einen, mal nach der anderen Seite, als wollte sie ihn absichtlich stören. Er hatte den Eindruck, ein Schalentier aus der Schale zu pellen. Als es ihm endlich gelungen war, sie aus ihrem schlaffen Panzer herauszulösen, stellte er, nicht ohne eine leichte Gereiztheit, fest, daß das Herz immer noch schlug. Er zog am Augenlid, erblickte aber nur das Weiß des verdrehten Auges.

Sie war offenbar in ein Diabetikerkoma abgetaucht. Er zog ihren schwarzen Jerseyrock hoch, um die Beine bis zum Ansatz des Slips zu entdecken. Sie trug Strumpfhosen mit einer Rauchnote, die er lieber herunterstreifte, doch er zog ihr sorgfältig wieder die Pumps mit den hohen Absätzen an.

»Madame, äh, Madame, gestatten Sie … Ich stehe zu Ihren Diensten, Madame.«

Eine köstliche Erregung schnürte ihm die Kehle zu. Es war, als ob die Zeit plötzlich stehenblieb und ihn in aller Ruhe diese vollkommene Intimität auskosten ließ. Eine um so engere Intimität, als sie gar nicht daran teilnahm und er sich, ohne Furcht, beurteilt zu werden, seiner Phantasie hingeben konnte.

»Wenn Madame sich leicht umdrehen möchte, so, ja, dann könnte ich das Oberteil Ihres Kleides herunterziehen. Madame wird sich viel wohler fühlen, wenn ich Ihren Büstenhalter aufgehakt haben werde …«

Weil er nach allen Richtungen an dem Kleid zog, zerriß der Stoff schließlich, von der Schulter bis zum Nabel, mit einem unheilvollen Geräusch. Dieser Zwischenfall veränderte Raymonds geistige Verfassung. Der aufmerksame Diener verwandelte sich in einen barbarischen Krieger. Sie war seine Gefangene, die sanfte, die anmutige heilige Blandine, eine völlig seinen brutalen Instinkten ausgelieferte keusche Nonne. In einer unbekannten Sprache, die ihm ganz spontan über die Lippen kam, stieß er furchtbare Gotteslästerungen hervor. Das Kleid wurde in kleine Fetzen gerissen, die Unterkleider unsanft heruntergezerrt. Er richtete sich wieder auf, und in seiner ganzen Größe den armen, ausgerenkten Körper der Märtyrerin überragend, brach er in ein wildes Lachen aus.

Doch sein Anfall von Heiterkeit erlosch ebenso plötzlich wie er begonnen hatte. Mit offenem Mund, gerunzelter

Stirn und weit aufgerissenen Augen stand er da vor einem unauslotbaren Geheimnis: das Schamhaar der jungen Frau war blond!

Sie färbte sich die Haare!

Er raffte die Handtasche auf, die zu Füßen des Stuhls lag. Im Innern der Tasche befand sich ein Personalausweis auf den Namen Marie-Angèle Nostri, geboren 1960 in Toulon. Haarfarbe: hellbraun. Das Foto, schon einige Jahre alt, war nicht gerade vorteilhaft für das Modell. Es zeigte das magere, eher asymmetrische Gesicht eines jungen Mädchens, dessen Haare ohne jeden Zweifel blond waren. Die Handtasche enthielt auch ein Scheckheft, einen Schlüsselbund, eine Schminkdose, einen Lippenstift, zwei Filterzigaretten und mehrere zu einer Kugel zusammengerollte Papiertaschentücher. Raymond warf die Tasche in eine Ecke, wo sie einen Stapel Dosen zum Einstürzen brachte, dann lief er in die Kosmetikabteilung im Laden. Es herrschte eine solche Dunkelheit, daß er die Etiketten nicht lesen konnte. Er brachte einen Armvoll aufs Geratewohl zusammengeraffter Produkte mit, um sie im hinteren Ladenraum bei Licht zu sortieren.

Als er gefunden hatte, was er suchte, ließ er sich zwischen den Beinen der Frau nieder. Mit den Fingerspitzen und mit Hilfe eines Topfs schwarzer Wimperntusche dunkelte er die Haare so nach, daß ein gleichmäßiges, völlig dunkles Dreieck entstand. Er gab sich seiner Arbeit mit dem Ernst eines Schülers hin, der eine Erdkundekarte nachzeichnet.

»Na, ist es nicht besser so?«

Wenn man etwas macht, muß man es auch gut und richtig machen. Andernfalls lohnt es nicht. Heutzutage geht doch alles den Bach runter. Es gibt keine Ordnung mehr, keine Disziplin mehr, keine Moral mehr. Man färbt sich zwar oben die Haare, aber unten macht man sich diese Mühe nicht ... Falsche Papiere ... Bestimmt eine Ausländerin. Hure, Mann!

Er knöpfte sich die Hose auf und versuchte, sein Geschlecht in den Mund der jungen Frau zu stoßen. Doch es gelang ihm nicht, weil sich sein kümmerlicher, weicher Penis, unfähig, das Hindernis der zusammengepreßten Zähne zu überwinden, dem entzog. Des vergeblichen Spiels müde, vergaß er es. Ohne daß er darauf achtete, begann ein ungehöriges Wort in seinem Kopf zu dröhnen, ein Wort, dessen Bedeutung sich ihm ganz plötzlich aufdrängte: Diabetikerin. Die junge Frau war Diabetikerin. Sie würde mit Sicherheit sterben, wenn er ihr keine Insulininjektion gab. Es lag also in ihrem eigenen Interesse, nett zu sein, andernfalls, kein Insulin. Er warnte sie:

»Wenn du nicht nett bist, kein Insulin.«

Er gluckste. Diabetikerin! Sie war bestimmt zuckersüß wie Konfekt! Er konnte dem Verlangen nicht widerstehen zu schmecken. In Gebetshaltung niederkniend, die Hosen heruntergelassen, leckte er an den Innenseiten ihrer Schenkel. Doch seine Erwartung wurde enttäuscht. Anstatt des erwarteten köstlichen Geschmacks nach Süßspeisen fand er, daß sie den salzigen Geschmack eines Meerestieres hatte. Sachte und gewissenhaft erforschte er mit der Zunge ihren Körper, von den Füßen bis zu den Brüsten, vom Bauch bis zu den Achselhöhlen. Überall hatte sie diesen Geschmack nach Ozean. Er biß ihr ins Ohrläppchen, bis etwas Blut austrat, das er genüßlich ansaugte. Nicht süßer als der Rest. Fade.

»Warum bist du salzig? Warum, du Schlampe?«

Die Tränen verschleierten ihm die Sicht, liefen seine Wangen, seine Nase herunter. Seine Tränen nahmen zu, wurden zu Schluchzern. Ohne zu versuchen, seine Tränen zurückzuhalten, gab er sich seiner Verzweiflung hin, starke Stöße durchliefen seinen Körper, während er die ewige Frage röchelte, ausspie:

»Warum bist du salzig? Hm? Warum?«

Er schluchzte, wobei er eine Mischung von Rotz und Tränen, eine ekelerregende salzige Mixtur hinunterschluckte, in der er das Gefühl hatte zu ertrinken.

»... ficken ... in den Arsch ... Schlampe!«

Ohne mit dem Flennen aufzuhören, zog er seine Hose wieder hoch und schlurfte im Zickzackkurs ins Lager. Stapel mit Dosen stürzten ein, als er daran vorbeiging, Fläschchen zerbrachen auf dem Boden. Er brachte eine runde Schachtel mit einem blauen Deckel mit.

»Zucker für Diabetiker. Für dich, du Schlampe.«

Er führte eine Saccharintablette in die Vagina der jungen Frau ein. Sogleich bildete sich weißlicher Schaum. Er tunkte seine Lippen hinein, schleckte den warmen, süßen Schaum so, wie er entstand, auf. Als er sich erhob, erblickte er zufällig sein Bild im Spiegel und stieß einen Schrei des Entsetzens aus. Sein Gesicht war übersät mit schwarzen Flecken. So stellte er sich die Symptome der Pest vor! Er hatte sich die Pest geholt! Doch als er sich mit der Hand über die Stirn fuhr, verflog sein Entsetzen. Schminke! Es war die Farbe des Schamhaars, die er auf Zunge, Kinn und Nase aufgenommen hatte ... Die Attribute der falschen Dunkelhaarigen waren noch nicht trocken. Die Schlampe färbte ab!

Raymond betrachtete die Schuldige und runzelte die Stirn. Welche Strafe sollte er ihr auferlegen? Denn bestraft werden mußte sie, sonst wäre es bald vorbei mit seiner Autorität. Die Kunden würden ihn auslachen, und Michel, das Pickelgesicht, würde ihm bei der erstbesten Gelegenheit hinter seinem Rücken die Zunge herausstrecken.

Während er noch nachdachte, überkam ihn ein Gefühl des Unbehagens. Er hatte das unangenehme Gefühl, beobachtet zu werden. Plötzlich wurde ihm bewußt, daß sie die Augen nicht mehr geschlossen hatte. Die Augenlider, vorhin noch niedergeschlagen, waren wieder aufgeklappt. Seine Stirn war schweißbedeckt, und er spürte wie sich seine Haare im Nacken stellten. Sie beobachtete ihn. Dabei hatte sich der Ausdruck ihres Gesichts nicht verändert. Sie beobachtete ihn mit einem leichten Lächeln in den Mundwinkeln. Sie machte sich über ihn lustig! Natürlich, er wußte, daß er lächerlich war, mit seinen schwarzen Flecken im Gesicht und seiner heruntergelassenen Hose. Bestimmt mußte sie sich zurückhalten, um nicht in helles Gelächter auszubrechen. Er stotterte:

»Verstehen Sie mich bitte ... Ich könnte dem Alter nach Ihr Vater sein ... Sie müssen etwas Respekt haben ...«

Schließlich brachte er genügend Mut auf, um ihrem Blick zu begegnen. Sie hatte sich nicht gerührt. Er beugte sich über sie, preßte sein Ohr auf ihre Brust. Stille. Kein Atem kam aus ihren Lippen. Sie war tot. Diese Feststellung fachte seine Begierde von neuem an, und er hatte eine Erektion. Von kurzer Dauer. Eine Reihe heftiger Schläge wurde gegen die Tür des hinteren Ladenraums gehämmert. Einige endlose Minuten lang hörte Raymonds Herz auf zu schlagen. Er war wie versteinert. Er wollte die Augen schließen, um diesen Alptraum zu verscheuchen, denn es handelte sich mit Sicherheit um einen Alptraum, doch es gelang ihm nur, mit einem Augenlid zu blinzeln. Seine Muskeln weigerten sich, seinem Gehirn zu gehorchen. Eine neue Anzahl von Schlägen, dann eine Stimme:

»Ist jemand da? Aufmachen! Polizei!«

Endlich gelang es ihm um den Preis einer sagenhaften Anstrengung die Maschine wieder anzulassen. Er zog einen großen Schwall Luft ein und rief:

»Ich komme!«

Trotzdem rieb er sich das Gesicht mit einem Kleiderfetzen ab, bevor er aufmachen ging. Zwei Polizisten standen auf der Schwelle, die Waffe in der Faust. Es regnete immer noch in Strömen.

»Ist alles in Ordnung, Monsieur Bertin? Da wir Licht gesehen haben, wollten wir uns lieber vergewissern.«

»Vielen Dank ... Eine dringende Arbeit ...«

Die Polizisten steckten ihre Waffen wieder ein, rührten sich aber nicht vom Fleck.

»Verdammt schlechtes Wetter ... Ein richtiges Hundewetter.«

Natürlich waren sie darauf aus, daß man ihnen was zu trinken spendierte. An Alkohol fehlt es bei einem Apotheker ganz bestimmt nicht! Aber Raymond fühlte sich zu erschöpft, um Komödie zu spielen. Nach einem knappen, kaum höflichen guten Abend schloß er schwungvoll wieder die Tür. Er fiel vor Müdigkeit um. Wie spät war es? Vier Uhr. Genug gearbeitet für heute nacht. Zu müde um aufzuräumen ... Michel würde sich morgen früh um alles kümmern. Schwerfällig stieg er die Stufen hinauf, die in sein Schlafzimmer führten. Er machte die Tür ein Stück auf und beobachtete seine Frau, die schnarchte. Auf einen Schlag kam ihm wieder die Erinnerung an die andere.

Arme Georgette, der Vergleich mit der Unbekannten fiel nicht zu ihren Gunsten aus! Und doch ruhte sie in einer fast ähnlichen Haltung: gelöst, die Brust entblößt, ein Arm hing aus dem Bett. Aber sie war aufgeschwemmt, plump, ungeschlacht, mit kurzen Gliedern und speckigem Nacken. Georgette ekelte ihn an. Aber er konnte sich Georgette nicht vom Hals schaffen. So verrückt war er schließlich doch nicht! Wenn er sie umbringen würde, hätte er Unannehmlichkeiten.

Er löschte das Licht, um sie nicht mehr zu sehen, zog sich in der Dunkelheit aus und streckte sich am Rand des Bettes aus, so weit wie möglich von seiner Frau entfernt. Er drückte ihr das Kopfkissen auf den Kopf, um sie nicht mehr zu hören und schlief schnell ein.

Jacques Jouet

Heute habe ich in der Metro zur Büroschlußzeit eine Verliebte mir gegenüber betrachtet. Ein Verliebter war auch da. Sie waren beide sehr schön, um die Fünfzig, was ihre verflochtenen Hände feierlich demonstrierten. Der Verliebte stieg unter geteiltem Bedauern aus. Die Verliebte brauchte vier Stationen, um ihre Sorglosigkeit, das Strahlen ihres Blicks in eine ganz banale Resigniertheit zu verwandeln. Sie wurde undurchdringlich. Ich habe verstehen wollen, daß sie in ein Zuhause zurückfuhr.

Georges und Maryse Wolinski
Bruch

Das Boot durchschnitt das Eis der Fahrrinne. Der Flughafen Marco Polo entschwand im Dunst, während vor ihnen die Ockertöne von Venedig schimmerten. Adrien war drinnen geblieben. Ursula hatte sich, trotz der Temperaturen, wie eine Galionsfigur vorn aufgebaut, neben dem Steuermann.

Adrien betrachtete, wie der Wind ihren braunen Schopf zerwuschelte und in die Falten ihres Rocks fuhr, so daß ihre langen Beine in den schwarzen Spitzenstrümpfen sichtbar wurden. Ein heftiger Schmerz attackierte seine rechte Schläfe, als ihm plötzlich der Zweck dieses venezianischen Wochenendes bei minus fünfzehn Grad wieder einfiel: die Auflösung seiner Liaison mit Ursula. Ihm ging durch den Kopf, daß ihn diese Trennung, in einer der teuersten Städte der Welt, das letzte Hemd kosten würde, ganz zu schweigen von der Übelkeit, die ihm die Vaporetti bescherten, weil man sich in dieser Stadt ja nicht anders fortbewegen konnte, und natürlich diese in Olivenöl und Tomatensoße schwimmende Küche. Alles, was er verabscheute. Ursula hingegen liebte Venedig, seine Vaporetti und seine Küche, die ihr das Herz erwärmte, wie sie es ausdrückte. Vorn am Bug fröstelte sie in ihren Schals, aber ihre Augen glitzerten vor Aufregung. Ursula würde bedenkenlos Bankkonto und Gesundheit ruinieren.

Ein blaues Licht fiel über die Lagune, und ein Wind des Aufbegehrens blies in sein Herz. Er würde sich der tyrannischen und kostspieligen Ursula entledigen, um der sanften, zurückhaltenden Cathy in die Arme zu sinken. Er dachte daran, wie sie sich kennengelernt hatten, bei einem Pariser Gesellschaftsabend, Ursula hatte sich geweigert, ihn dorthin zu begleiten. Was für eine gute Idee! Cathy war schmal und blond, mit einem herzförmigen Mund und den Augen eines gehetzten Rehs. Er lud sie auf ein Glas in ein Wintergarten-Café ein. Und seitdem hatten ihn der herzförmige Mund und die Rehaugen nicht mehr losgelassen.

»Es ist traumhaft!« sagte Ursula, die gerade ihren Kopf durch die Tür des Bootes streckte.

Trennung. Leicht gesagt! Um nicht in letzter Minute schwach zu werden, hatte Adrien einen ausgeklügelten Plan in Gang gesetzt. Cathy sollte am nächsten Morgen mit dem Frühflug eintreffen, und er hatte ihr ein Zimmer im selben Hotel reserviert. Damit blieben noch ein Abend und eine Nacht, um Ursula abzustoßen. Dann würde er sich mit Cathy häuslich einrichten. Gerührt träumte er sogar von einem Ausflug nach Burano, am Arm der blonden Cathy, trotz der zwei Stunden Vaporetto ... Währenddessen würde Ursula schon im nächsten Flugzeug nach Paris ihre Tränen trocknen. Sich in Venedig zu trennen – das hatte doch immerhin einen gewissen Stil! Ein maliziöses Lächeln stahl sich auf seine Lippen, aber wieder verzerrte der Schmerz seine Züge. Diesmal war es die linke Schläfe. Er tupfte sich die Stirn mit dem Taschentuch ab. Diese verdammten Schmerzen hämmerten in seinem Schädel. Adrien haßte nämlich Trennungen.

»Ich weiß ja nicht, was wir feiern, aber ich bin hingerissen von diesem Wochenende in Venedig. Und ganz verliebt«, sagte Ursula und fiel Adrien um den Hals.

»Es fängt nicht gerade gut an. Mir glüht der Schädel«, stöhnte Adrien, der sich aus Ursulas Krakenarmen zu befreien suchte.

Sie griff zum Telefonhörer und wählte eine Nummer.

»Wen rufst du denn an?« erkundigte sich Adrien besorgt.

»Den Etagenservice, sie sollen dir eine Tablette bringen. Ich lasse mir doch von einem dummen kleinen Kopfweh mein Wochenende in Venedig nicht verderben. Wo du es mir schon so lange versprochen hast!«

»Entschuldige, aber ich bin wirklich nicht in Form. Wenn es nur die Migräne wäre ...«

»Venedig ist eine Stadt der Leidenschaft, eine Stadt, in der man alles Unglück der Welt vergißt. Sag mir doch lieber, warum dieses venezianische Wochenende? Du glaubst wohl, ich wäre nicht drauf gekommen ...«

»Du machst es mir wirklich leicht«, sagte Adrien.

Er warf sich in die Brust. Ursula half ihm auf die Sprünge. Alles lief gut.

»Schon seit langem habe ich...«

»Mein Liebling«, schnitt ihm Ursula das Wort ab, »ich habs geahnt. So etwas spürt eine Frau. Wir sind ja nicht erst seit gestern zusammen. Das mußte so kommen.«

»Und du bist mir nicht böse?« stotterte Adrien.

Sie schmiegte sich an ihn.

»Dir böse sein? Weil du so lange gewartet hast? Nein, ich bin glücklich...«

»Ehrlich?« fragte Adrien, etwas gehemmt.

»Ich hab mir immer gesagt, der Tag wird kommen, wo er mir den Ring über den Finger streift.«

Sie verabreichte ihm einen Kuß auf den Mund. Dann öffnete sie die Mini-Bar und holte eine Flasche Champagner heraus. Adrien spürte, wie er weiche Knie bekam.

»Stoßen wir an«, sagte sie und ließ den Korken knallen.

»Nein... Nein... Nicht jetzt, ich weiß nicht, wie mir ist. Eine plötzliche Übelkeit...«

»Das kommt bestimmt von der Aufregung. Champagner ist sehr gut für das, was du hast.«

Sie hielt ihm sein Glas hin und leerte das ihre auf einen Zug. Dann betrachtete sie ihre nackten Finger.

»Ein Verlobungsring! Endlich... Wie wärs, wir kaufen ihn in Venedig?« schlug sie vor.

Adrien hatte sein volles Glas auf den Nachttisch gestellt und sich auf dem Bett ausgestreckt. Er wurde zusehends blasser.

»Was ist denn nur los?« wollte Ursula wissen. »Du wirst ja ganz grün im Gesicht.«

»Mir dreht sich der Kopf. Ich mag dieses Zimmer nicht. Man kommt sich vor wie in einer Schiffskabine.«

Ursula trat ans Fenster. Sie zog den Vorhang auf, hinter dem ein Stück Himmel sich lila verfärbte. Es wurde Nacht in Venedig.

»Dann geh bloß nicht ans Fenster«, warnte sie ihn lachend. »Die vor dem Hotel festgemachten Boote schaukeln die ganze Zeit auf der Lagune.«

Es wurde Zeit zum Abendessen. Ursula leerte ihren Koffer und schloß sich im Bad ein.

»Ich mach mich superscharf zurecht für unser Verlobungsdiner«, schrie sie durch die Tür.

Adrien schloß die Augen. Ein Nickerchen, und sei es noch so kurz, konnte ihm vielleicht die nötige Energie zurückgeben. Er schlug die Augen wieder auf und sah nach der Uhrzeit. Nur keine Panik! Er hatte genug Zeit. Er überlegte. Wenn er beim Abendessen redete, konnte die Nacht stürmisch werden. Ursula würde sich weigern, ihn umschmeicheln, ihn beschimpfen, in Tränen ausbrechen. Das konnte bis zum Morgen dauern, und nachher würde er, um sie zu beruhigen, noch mit ihr schlafen müssen.

›Nie im Leben. Ich werde nicht sentimental.‹

Nochmal von vorn. Er würde das Abendessen verstreichen lassen, ihre Illusionen zwischen Birne und Käse aufblühen lassen, und sobald sie wieder auf dem Zimmer waren, würde er erneute Schmerzen oder eine Unpäßlichkeit simulieren und eine Schlaftablette nehmen. Morgen früh nach dem Aufwachen, wenn sie noch in den Wolken hing, würde er ihr die grausame Wahrheit auftischen. Und zwei Stunden später würde die erholsame Cathy in seinem Leben landen. Ein Seufzer vorweggenommenen Vergnügens entschlüpfte seinen Lippen, unmittelbar gefolgt von einem Schmerz, der ihm wie ein Blitz in den Rücken fuhr. Schließlich dachte er, es sei vielleicht doch besser, beim Abendessen zu sprechen. Er wußte es nicht mehr. Er hörte das Wasser in der Wanne plätschern. Ursula entstieg ihrem Bad. Er schloß die Augen.

Die Tür des Badezimmers ging auf. Ursula trug ein Kleid aus rosa Satin, das sich an ihre Hüften schmiegte. Sie hatte sich ein Band ins Haar gebunden und ihre Wimpern rosa getuscht.

»Adrien? Adrien? Du schläfst ja. Es ist zehn Uhr, wir müssen zum Abendessen nach unten. Sonst bekommen wir nichts mehr.«

Adrien öffnete ein trübes Auge.

»Ich kriege keinen Bissen herunter. Ich kann auf gar keinen Fall aufstehen. Mir flimmert alles vor Augen. Tut mir leid … Geh allein essen.«

Die Enttäuschung war in Ursulas Blick zu lesen.

Der Oberkellner half ihr bei der Wahl des Menüs. Am anderen Ende des Saals saß ein Mann allein vor einem Teller Spaghetti und einer Zeitung. Nach jedem Mundvoll las er ein paar Zeilen. Am Ende der Mahlzeit kannte Ursula noch immer nicht die Farbe seiner Augen. Doch als er sich schließlich herbeiließ, sie zu heben, fixierte er Ursula durchdringend.

Er war brünett, mit grünen Augen, restaurierte die Bilder alter Meister, rezitierte auswendig Verse von Aragon und besaß einen Palazzo auf der Giudecca, auf der anderen Seite der Lagune. Als sie wieder nach oben in ihr Zimmer ging, war Ursula berauscht vom Champagner, den Aragon-Versen und den zärtlichen Worten Gian Carlos. Adrien hatte sich an der Tür aufgebaut, die Hände in die Hüfte gestemmt. Er erwartete sie.

»Na endlich! Ich habe mir schon Sorgen gemacht. Es ist drei Uhr morgens.«

»Oh! Adrien, mein Schatz, was für ein wundervoller Abend«, gluckste Ursula.

»Wundervoll, ein Abend ohne mich? Bravo! Ursula, ich muß unbedingt mit dir reden.«

Ursula packte ihn beim Arm und machte trällernd mit ihm ein paar Walzerschritte. Dann goß sie sich noch ein Glas Champagner ein, das ihr den Rest gab. Sie taumelte zum Bett, ließ ihr Glas fallen, das übers Parkett rollte, und plumpste in die Kissen.

Adrien, vollgepumpt mit Schlaftabletten, schlief noch. Ursula plazierte ihm ein Küßchen auf die Stirn und ging aus. Sie hatte beschlossen, ihr Frühstück im Café Florian einzunehmen. Der Himmel war weiß, ein paar Flöckchen rieselten. Der Wind fuhr ihr eisig ins Gesicht.

»Haben Sie wohl Feuer?«

Eine junge Französin, in ihren Pelz eingemummelt, kam auf sie zu. Ursula hielt ihr die Zigarette hin.

»Ist das kalt!« sagte Ursula.

»Heute morgen in Paris war es entschieden weniger kalt«, erwiderte die junge Frau. »Wir werden Venedig im Schnee erleben.«

»Sind Sie gerade eben angekommen?«

»Ja... Ich erwarte einen Freund.«

»Schöne Tage in Venedig!« sagte Ursula.

Adrien drehte im Zimmer seine Runden. Die gesetzte Frist war abgelaufen. Er setzte sich eine neue. Sobald Ursula zurück war, würde er reden. Er rasierte sich, besprühte sich mit Parfüm, und nachdem er fertig war, rief er Cathys Zimmer an. Niemand meldete sich. Der Portier beruhigte ihn: »Die Signora ist für einen Spaziergang ausgegangen.« Adrien bat ihn, Bescheid zu sagen, sobald sie zurück sei.

Er kniff die Augen zusammen. Es ging ihm schon viel besser, seit er Cathy in seiner Nähe wußte. Er setzte sich ans Fenster und trank seinen Espresso. Es dauerte nicht lange, da läutete das Telefon. »Die Signora ist auf ihr Zimmer gegangen.«

»Cathy?«

»Adrien, endlich!«

»Cathy... Ich kann noch nicht zu dir kommen. Du weißt ja, ich bin auf Geschäftsreise hier. Ich muß noch einen Klienten treffen. Danach gehöre ich ganz dir, mein Schatz.«

»Das heißt, um wieviel Uhr?«

»Ich weiß nicht, am Nachmittag. Schlimmstenfalls erst zum Abendessen. Versprochen. Und dann lasse ich dich nie mehr allein. Ich schicke dir tausend Küsse!«

Er legte wieder auf. Ein merkwürdiges Gefühl überkam ihn, ein Schauer, und dabei lief ihm der Schweiß übers Gesicht. Er fühlte nach seinem Puls. Sein Herz schlug in einem wahnsinnigen Rhythmus. Das Fieber stieg an. Er konnte sich gar nicht erkältet haben, seit seiner Ankunft hatte er die Nase nicht einmal nach draußen gesteckt. Alles verschwamm, und er sackte in einen Sessel. Auf der anderen Seite der Fensterscheibe schaukelten die Vaporetti fröhlich weiter auf der Lagune.

Zehn Uhr abends. In Harry's Bar. Auf einem Hocker kauernd, trank Ursula einen Blue Lagoon, dessen Farbe zu den Streifen ihres Kostüms paßte. Sie hatte vor Adriens Grimassen, Klagen und Stöhnen die Flucht ergriffen. Die Situation wurde langsam lächerlich. Sie war aus diesem Zimmer geflohen, das sich seit vierundzwanzig Stunden in die reinste Apotheke verwandelt hatte.

Bei ihrem zweiten Blue Lagoon kam die junge Frau herein, der sie vor dem Hotel begegnet war. Sie zögerte, dann setzte sie sich zu Ursula an die Bar.

»Guten Abend! So trifft man sich wieder«, sagte sie.

»Guten Abend! Warten Sie immer noch auf Ihren Freund?« fragte Ursula.

Sie lächelte und bestellte einen Bourbon. Ursula bot ihr eine Zigarette an. Sie rauchten schweigend. Der Kellner kam zu ihnen und verkündete, ein Tisch sei frei geworden.

»Warum nicht?« sagte Ursula. »Ich lade Sie ein.«

»Aber ...«

»Um diese Uhrzeit kommt er nicht mehr. Essen wir. Wie heißen Sie?«

»Ja, eigentlich ... Ich, ich heiße Cathy.«

»Und ich Ursula. Wollen wir uns duzen?«

»Okay. Ich habe mich etwas ... verloren gefühlt heute abend. Ich freue mich, daß wir uns begegnet sind. Bist du allein in Venedig?«

»Eigentlich nicht! Aber seit mein Freund hier in der Lagune gelandet ist, schwankt er wie eine alte Gondel. Seit sieben Jahren lebe ich mit ihm zusammen, aber in diesem Zustand habe ich ihn noch nie erlebt. Er rührt sich nicht aus dem Bett. Zum Glück habe ich gestern einen traumhaften Abend mit einem schönen Italiener verbracht.«

»Diese Italiener, so was Charmantes! Mein Freund ist auf Geschäftsreise hier. Er hat mich nachkommen lassen, und nun konnte er sich doch nicht für den Abend freimachen. Ich fand seine Stimme sehr seltsam am Telefon.«

»Das heißt?«

»Ein bißchen gehemmt. Und dein schöner Italiener, wie ist der?«

»Brünett, mit grünen Augen. Das Gegenteil von meinem Freund, der ist blond mit haselnußbraunen Augen.«

»Ach, sieh mal einer an, blond mit haselnußbraunen Augen ...«

»Ja, er ist nicht übel, wenn er nicht gerade in den Seilen hängt. Außerdem wollten wir uns verloben.«

»Ach, ich auch... Wir wollten uns verloben. Er hatte mir versprochen, daß wir den Ring in Venedig kaufen. Endlich!«

»Man kommt nach Venedig, um sich zu lieben, nicht um zu stöhnen. Verdammter Adrien!«

»Wie war das eben?«

»Adrien. Adrien Latour. Gut, also was nimmst du?«

»...«

»Verträgst du Bourbon nicht? Du siehst nicht aus, als fühltest du dich besonders wohl.«

»Ach, gar nichts«, erwiderte Cathy. »Ich nehme dasselbe wie du, Lasagne. Also, dein Adrien ist demnach k.o.! Und zu normalen Zeiten, wie ist er da?«

»Ich hatte gerade an ihn gedacht. Weißt du, wenn ich recht darüber nachdenke, dann finde ich seine Leistungen nach sieben Jahren nicht gerade sehr überzeugend. Hypochondrisch, griesgrämig, nicht besonders zärtlich und im Bett auch nicht das Allerschärfste. Wenn ich daran denke, daß ich kurz davor war, ihn zu heiraten...«

Cathy prustete los, sie konnte nicht anders.

»Und der Italiener?« fragte sie.

»Den habe ich noch nicht ausprobiert. Es wird nicht lange dauern, dann kriegst du ihn zu sehen. Harry's Bar ist sein Revier. Und dein Geschäftsmann, wie siehts mit dessen Leistung aus?«

»Bei mir ist das anders. Wir kennen uns noch nicht so lang. Ich muß zugeben, er hat mir sofort gefallen. Ich fand ihn zärtlich und aufmerksam. Aber du kennst das ja. Am Anfang heißt es immer ›Alles neu macht der Mai‹. Du bist überzeugt, den Liebhaber deines Lebens gefunden zu haben, und dann ... hängst du die Latte tiefer.«

Träumerisch kostete Ursula ihre Lasagne mit weißen Trüffeln.

»Wer weiß«, sagte sie, »ob diese plötzliche Krankheit von Adrien nicht die Chance meines Lebens ist.«

»Also war nichts mit Ring am Finger?«

»Vielleicht brauche ich dem auch keine Träne nachzuweinen! Schau mal, da ist ja Gian Carlo? Und sein Freund, gar nicht schlecht, was denkst du?«

Sie brachen in Gelächter aus.

Adrien erwachte. Ursula wuselte um ihren Koffer herum. Er sah auf die Uhr: vier Uhr morgens. Sie kramte in den Schubladen, hängte Bügel ab, räumte ihre Fläschchen in den Kulturbeutel.

»Was ist denn mit dir los?« Adrien war beunruhigt.

»Siehst du doch: Ich packe meinen Koffer.«

»Aber Ursula ...«

»Schluß mit Ursula. Gestern habe ich bei einem Gespräch mit einer Freundin gemerkt, daß ich dich nicht liebe. Tut mir leid, das ist hart. Aber du kennst mich. Ich bin direkt. Ciao!«

Sie knallte die Tür. Adrien hatte keine Zeit gehabt, zu reagieren. Plötzlich fiel ihm Cathy ein. Er war gerettet: keine Erklärungen mehr nötig, keine Migräne mehr! Er wählte die Nummer ihres Zimmers. Es läutete ins Leere. Der Nachtportier teilte ihm mit, daß sie soeben abgereist sei.

»Unmöglich! Sie irren sich«, beharrte Adrien.

»Sie hat gerade eine Nachricht hinterlassen, für Sie, Monsieur.«

Adrien hörte Stimmen von der Straße heraufschallen. Er sprang ans Fenster. Ein Eckchen vom Mond beleuchtete das Eingangsportal des Hotels. Cathy und Ursula zogen eingehakt von dannen, begleitet von zwei Italienern, die ihre Koffer trugen. Am Kai schaukelte ein Motorboot aus Mahagoni. Die jungen Herren halfen den jungen Damen an Bord. Alle lachten sehr laut. Das Boot glitt über die Lagune, hinter sich eine Schaumfontäne.

Michel Tournier

Der Spiegel mit den zwei Gesichtern

Es war einmal ein Kalif zu Isfahan, der sich zu seinem Kummer nach zwanzig Jahren ehelichen Glücks der Königin immer mehr entfremdete. Blutenden Herzens beobachtete er, wie sie von Tag zu Tag mehr den Zauber verlor, der so lange das Beste in seinem Leben gewesen war. Das Antlitz der Königin erschlaffte, ward grau, mürrisch und griesgrämig. Ihre Mundwinkel wiesen verbittert abwärts. Bläulichrote Ringe um die Augen betonten noch ihren trüb gewordenen Blick. Vor allem schien es, als habe sie es aufgegeben, verführerisch zu sein, und vernachlässige absichtlich die Pflicht, schön zu sein – eine Pflicht, die jeder Frau obliegt, und einer Königin noch mehr als jeder anderen.

Und der Kalif entfernte sich immer mehr von ihr. Jeder Vorwand war ihm recht, um aufzubrechen: in den Krieg, zur Jagd oder auf Staatsbesuche, und er brachte den Ehrenjungfrauen bei Hofe ein Interesse entgegen, das immer bedrängender wurde.

Doch eines Tages geschah es, daß er seine Gemächer verließ, um sich zum Beratungssaal zu begeben, und hinter der Königin vorbeiging, die vor einem kleinen Spiegel ihr Haar zurechtmachte. Im Vorbeigehen warf er einen Blick in diesen Spiegel – und stockte jäh, starr vor Staunen. Das Gesicht der Frau, das er darin erblickte, strahlte von Schönheit. Ihre Augen glänzten vor Freude. Ihre Mundwinkel wiesen in einem Lächeln voll ironischer Fröhlichkeit aufwärts. Der Kalif blieb stehen, legte der Königin die Hände auf die Schultern und drehte sie um, daß er sie vor sich sah. Wie geheimnisvoll! Das Gesicht, das er nun musterte, war wie sonst grau, mürrisch und griesgrämig. Die Mundwinkel wiesen verbittert abwärts. Bläulichrote Ringe um die Augen betonten noch ihren trübe gewordenen Blick. Der Kalif zuckte die Achseln und begab sich zur Beratung.

Doch das kurze Aufleuchten, das er am Morgen plötzlich erlebt hatte, beschäftigte immerzu weiter sein Gemüt.

Und so legte er es am nächsten Tag darauf an, daß das am Vortag Geschehene sich wiederum ereigne. Als die Königin vor ihrem kleinen Spiegel stand, ging er hinter ihr vorbei und betrachtete das im Spiegel schimmernde Bild. Das Wunder geschah von neuem. Eine strahlende, heitere Frau blickte ihn daraus an. Wiederum drehte der Kalif sie um, daß sie ihm gegenüberstand. Wiederum war das Gesicht, das er entdeckte, nichts als eine Maske voll Leid und Schwermut. Mehr noch als tags zuvor von Fragen bedrängt, entfernte er sich.

Am Abend begab er sich zu dem Weisen Ibn Al Houdaida. Das war ein Greis, ganz und gar von Philosophie durchdrungen, der ehedem sein Hauslehrer gewesen war, und den er nie versäumte in schwierigen Fällen um Rat zu fragen. Er erzählte ihm vom Erkalten der Liebe zwischen ihm und der Königin, von dem Schleier unschöner Züge, der gewöhnlich über ihrem Antlitz liege, aber auch, wie er zweimal in dem kleinen Spiegel eine völlig verwandelte Frau entdeckt und wie enttäuscht er gewesen, als er ihr dann unmittelbar ins Gesicht geschaut habe.

Über diesen Bericht sann Ibn Al Houdaida lange nach. Er, der so lange schon ohne Frau und ohne Spiegel lebte – was mochte er von alledem verstehen? Er fragte seinen früheren Zögling aus.

»In dem Spiegel, in den du über die Schulter der Königin hineinblicktest – was genau hast du darin gesehen?«

»Ich sah darin die Königin«, gab der Kalif zur Antwort, »und wie ich schon sagte, strahlte sie von Schönheit.«

Der Weise dachte wiederum nach.

»Versuche dich zu erinnern. Hast du wirklich nichts als das Antlitz der Königin gesehen?«

»Ja …, ich glaube … Vielleicht sah ich auch ein Stück Wand oder einen Teil der Zimmerdecke.«

»Mach den Versuch morgen nochmals«, empfahl ihm Ibn Al Houdaida, »und schau besser hin.«

Am nächsten Abend erschien der Kalif wieder bei ihm.

»Nun?« fragte ihn der Weise. »Was hast du in dem Spiegel gesehen, außer der wunderbar verwandelten Königin?«

»Im Hintergrund, ein wenig im Halbdunkel verloren, gewahrte ich mein eigenes Gesicht«, erwiderte der Kalif.

»Siehst du«, sprach der Weise, »da ist er, der Schlüssel zu diesem Geheimnis! Wenn du der Königin gegenübertrittst, hart, ohne Liebe, wie ein Richter, wenn du sie musterst, wie um ihre Falten oder ihre grauen Haare zu zählen, stößt du sie in eine Einsamkeit, die sie hoffnungslos und häßlich macht. Dagegen strahlt sie von Schönheit und Heiterkeit, wenn dein Gesicht an ihrer Seite ist. Sie liebt dich, was willst du denn! Sie blüht nur auf, wenn euer beider Häupter im gleichen Rahmen vereint, eure Blicke auf dieselbe Landschaft, dieselbe Zukunft gerichtet sind, – wie auf einer Münze, wie auf einem Hochzeitsbild.«

Jacques Jouet

Eine Großmutter sagte, daß ihr Vater immer sagte, daß man, um seine sechs ältesten Töchter zu verheiraten, die siebente, die die Schönste war, unter einer *pende* verstecken müßte. Eine *pende* ist eine Art Krug aus gebrannter Erde, der zum Wäschekochen auf der Asche diente.

Er verheiratete die siebente als erste, sichtbar völlig glücklich und heimlich traurig.

Jean-Philippe Toussaint
Exkursion

Pascale und ich hatten tatsächlich nur eine Nacht in London verbracht, der einzige kleine Vorwurf, den ich England machen kann. Nach dem Abendessen – unserem ersten gemeinsamen Abendessen – waren wir in das Hotel zurückgekehrt, Pascale ließ sich sofort aufs Bett fallen. Ich setzte mich an ihre Seite und sprach gedämpft auf sie ein, ein Finger spielte dabei langsam auf ihrer Stirn. Manchmal bewegte sie den Kopf, hielt dabei die Augen geschlossen, bewegte kaum mehr wahrnehmbar ihre Lippen, und als sie überhaupt nicht mehr antwortete, wurde mir klar, daß sie eingeschlafen war. Ihre ganz besondere, naturgegebene Mattigkeit, die sie von Grund auf durchdrang, war mir bereits aufgefallen, es rührte mich jedesmal, wie sie bei all ihrer sonst an den Tag gelegten Lebhaftigkeit dem Leben permanent eine derart sensationelle Schläfrigkeit entgegensetzte. Ich erhob mich, ging zum Fenster und blieb dort eine Weile stehen. Der Park lag im Dunkeln und verlor sich in der Nacht, von oben konnte ich nur die Gitter sehen; manchmal fuhr geräuschlos ein Taxi vorbei. Ich schloß die Vorhänge, und wieder am Bett, zog ich ihr den Mantel aus, stützte vorsichtig, um sie nicht zu wecken, ihren Nacken mit meiner Hand. Dann streifte ich ihr Kleid herunter, durch ein leichtes Anheben ihres Körpers half sie mir dabei, dann wollte ich ihren Büstenhalter lösen, was mir nicht gelang, und ich überlegte, ob man ihn nicht leichter mit den Händen auf dem Rücken aufhaken könnte, setzte mich also mit dem Rücken zu ihr, wir befanden uns Rücken an Rücken, und hakte ihn problemlos aus, nun, ziemlich problemlos. Welch eine Arbeit. Verträumt legte ich ihre Sachen über einen Stuhl. Pyjama, forderte Pascale mit leiser Stimme. Ich stand mitten im Zimmer, Hände in den Taschen, und schaute sie an. Pyjama, wiederholte sie und ließ sich träge, die Augen immer noch geschlossen und mit ausgestrecktem Arm auf die Seite fallen. Ich holte ihren Pyjama aus der Reisetasche, er war dunkelblau und sehr weit, frisch gebügelt und mit einer weißen Borte am Kragen. Dann ließ ich sie auf dem Bett aufsitzen und das Oberteil anziehen; sie ließ alles mit sich machen, ihr Kopf mir gegenüber hing schlaff herab, und ich knöpfte ihr die Pyjamajacke zu bis zum letzten Knopf. Licht, sagte sie erschöpft, mach das Licht aus. Und sie machte, sich dabei am Höschen kratzend, Andeutungen zu einem Kuß. (Nacht, sagte sie und fiel zurück.)

Am nächsten Morgen erwachte ich völlig verschlafen im Halbdunkel des Hotelzimmers, hielt Pascale in meinen Armen und streichelte sanft ihre Brüste unter der Pyjamajacke. Sie war kein Stück wacher als ich, eigentlich schliefen wir beide noch. Wir vereinigten uns im Schlaf, die Hände auf den Wangen oder in den Haaren, unsere Haut wie zufällig überfliegend, mein Glied in ihrem von der Nacht noch weichen Körper. In dieser Haltung blieben wir noch eine Weile liegen, zart die Arme umeinandergeschlungen, nur manchmal fast unmerkliche Schauder des Körpers und sanfte Anwandlungen der Lust, wie Zeugen eines unruhigen Schlafs. Sie erwachte schließlich als erste und öffnete, als ich in ihr kam, erstaunt ein Auge. Ihr Gesicht gegen meine Wange gedrückt, lächelte sie mir ganz sanft zu, eine Hand auf meiner Schläfe, und flüsterte mir leise ins Ohr. Das Zimmer war in den Halbschatten eines anbrechenden grauen Tages getaucht. Wir verbrachten lange Zeit unter der Bettdecke, schmiedeten Pläne und schauten dem Regen beim Fallen zu. Pascale hatte einen Eisenbahnfahrplan aus ihrer Tasche geholt und blätterte, neben mir sitzend, darin herum, fast nackt, bekleidet nur mit einer weißen Socke und ihrer Lesebrille. Ich lag ausgestreckt auf dem Rücken und betrachtete sie, irritiert durch die Anwesenheit der einen weißen Socke. (Was mich vor allem nicht in Ruhe ließ, war die Frage, wo die andere war.) Mit meinen schlafwarmen Füßen wühlte ich am Bettende, und als ich dort nicht fündig wurde, beugte ich mich, eine Hand auf die Erde gestützt, aus dem Bett, um den Boden zu inspizieren. Da war ja die Socke, zusammengeknäult lag sie auf dem Teppichboden, genau in der Mitte zwischen dem Nachttisch und dem Fernsehgerät. Wie sie wohl dahin gekommen war, großes Geheimnis. Ich teilte

Pascale meine Beobachtung mit, sie schaute hinunter auf ihre Füße, verglich, konstatierte für einen Moment die Ungleichheit, bevor sie sich, ohne weiter darauf zurückzukommen, wieder an die Lektüre ihres Fahrplans machte. Unerschüttert fuhr sie fort, mir zu erklären, daß der Nachtzug erst am späten Abend fahren würde, klimperte dabei mit ihren kleinen nackten Zehen, so hätten wir noch einen ganzen Tag, um London zu besichtigen (leider nur mußten wir das Zimmer mittags räumen, das war ihr entgangen).

Jacques Jouet

Sorgfältig hat sie den Ort der Liebe in seinen vorigen Zustand zurückgebracht, so daß ihr Freund, der von einer Reise zurückkommt, von dieser Veränderung in ihrem Leben nichts merkt. Vom Sofa hat sie das kleinste Haar oder Härchen abgenommen, die Kissen alle wieder zurechtgeklopft, doppelt so gut das benutzte Geschirr gespült, die Dusche gescheuert.

Als er hereinkommt, erbleicht er beinahe sofort und sagt: »Du, du bist verliebt!«

Pierrette Fleutiaux

Bertrand d'Alleaume hat mich hinter der Tür des kleinen Büros geküßt

Bertrand d'Alleaume hat mich hinter der Tür des kleinen Büros geküßt.«

Diesen Satz sagte unsere Großmutter wenige Augenblicke bevor sie starb. So jung ich auch bin, habe ich doch schon viele Leute im Dorf sterben sehen, aber bei keinem unserer Sterbenden habe ich ein solches Glück gesehen. Der Pfarrer versuchte, unsere Großmutter zur Reue zu bewegen, aber vergeblich, sie sah ihm fest in die Augen und wiederholte ihren Satz. Freudestrahlend, fast spitzbübisch! Der Pfarrer ließ nicht locker, »Bertrand d'Alleaume hat mich geküßt«, gab sie mit ekstatischem Gesicht zur Antwort, der Pfarrer hat geflucht, wir haben laut gelacht, und so ist sie gestorben.

Diesen letzten Satz unserer Großmutter haben wir sogleich als Testament angesehen. Wir waren im Dorf die Ärmsten der Armen, von Generation zu Generation alle ohne Vater zur Welt gekommen, zu nichts anderem begabt als zu den gröbsten Arbeiten. Nur meine älteste Schwester und ich, der Jüngste, hatten lesen gelernt. Der Pfarrer wollte die Hand auf uns legen, das Kloster für meine Schwester, das Priesterseminar für mich, wir fanden die Idee nicht schlecht, »nein«, versteifte sich Großmutter, »ich will, daß sie die Liebe kennenlernen«, und sie sagte noch, »sehen Sie doch nur, wie das bei Ihnen gewirkt hat, daß Sie keine Liebe hatten.« Sie war sehr hübsch und immer noch im gebärfähigen Alter.

Der Satz hat uns Flügel verliehen. Wenn ein Bertrand d'Alleaume meine Großmutter geküßt hat, dann hat er sie möglicherweise auch geschwängert, ich hatte den ganzen Todeskampf auf dem kleinen Gerät aufgenommen, das der Pfarrer meiner Schwester geliehen hatte, damit sie an ihrer Stimme arbeite, vielleicht könnten wir gerichtlich eine Anerkennung der Großvaterschaft durchsetzen, bekämen das Schloß von Alleaume, würden aus unserer Armut herauskommen …

In den Telefonbüchern der Umgebung fand sich nicht die geringste Spur von einem Bertrand d'Alleaume. Wir haben uns die Cassette angehört. Etwa dreißig Mal konnte man meine Großmutter darauf hören. Zu Anfang war der Satz nur ein zorniges Geknurr, etwa bei der zehnten Wiederholung wurde das Geknurr klarer, ihr Zorn ließ allmählich nach, die letzten Sätze waren deutlich und voller Glück.

Meine Schwester war blaß. Ich setzte die Cassette auf den zwölften Satz an. »Hörst du hier *Bertrand d'Alleaume*?« Nein, man hörte diesen Namen nicht. Welchen Namen also? »Hören wir uns den vorhergehenden an«, sagte meine Schwester.

Tagelang sind wir vom letzten, so klaren, deutlichen Satz zu den ersten Sätzen zurückgegangen, die nur ein Geknurr waren. Großmutter war in einem erbärmlichen Zustand, als sie am Tag ihres Todes humpelnd zurückgekommen war. Bei diesem Zurückspulen an den Anfang lösten sich die schönen Silben des letzten Satzes auf, andere, die wir zunächst nicht beachtet hatten, gewannen an Bedeutung.

Schließlich ergab sich ein anderer Sinn. »Der Pfaffensohn hat mich hinterrücks gekneift und fuhr roh mir an die Brüst'.« Das ungefähr spuckte die Cassette zu Anfang aus.

Dieser Pfaffensohn hatte unserer Großmutter so stark zugesetzt, daß sie daran gestorben ist. Sie wollte nicht mit einem Pfaffen schlafen, wohl aber mit einem Edelmann, der sie zuvor küssen würde, bevor er sie in ein Zimmer voller Bücher führen würde, in dem ihre Enkelkinder sich bilden könnten. Ein Großmuttertraum. Wir haben den Pfarrer nicht angezeigt, aber für uns gab es keine Kirche mehr. Meine Schwester ist Prostituierte für Reiche geworden, um mir mein Studium zu finanzieren, doch sobald ich einmal selbst meinen Lebensunterhalt verdiene, hört sie auf und wir werden irgendwen heiraten. Es geht uns eigentlich ziemlich gut, und wenn es uns nicht gut geht, schauen wir uns an und sagen uns »Bertrand d'Alleaume hat mich hinter der Tür des kleinen Büros geküßt.« Wir haben die Vorstellung, daß da eine ganze Philosophie dahinter steckt, und wir versuchen, uns ihr gemäß zu verhalten.

Philippe Djian

Wie beim Tode meines Vaters

Ein ganzes Jahr lang war ich heimlich in Lisa Jordaens verliebt. Sie war nur zwei Jahre älter als ich, aber sie interessierte sich ganz und gar nicht für mich, und ich begnügte mich damit, sie stillschweigend zu begehren. Selbst David, ihr Bruder, der immerhin mein bester Freund war, wußte nichts davon.

Abends, bevor ich einschlief, legte ich die Hände unter meinen Kopf, schaute zur Decke und dachte an sie. Ganz langsam erschien mir ihr Gesicht, während mir das Herz stehenblieb. Ich schmiedete keinerlei Pläne, sie zu verführen, auf den Gedanken wäre ich nie gekommen. Ich verstand sehr gut, daß diese wenigen Jahre, die mir so grausam fehlten, die Sache unmöglich machten. Ich erhoffte nichts. Ich betete nicht, daß man mir auch nur die allerwinzigste Chance gewährte. Ich war schlicht glücklich, an sie denken zu dürfen, wenn ich einen Moment Zeit hatte.

Die Freundschaft, die mich mit David verband, war keineswegs schändliche Berechnung. Er war dazu bestimmt worden, sich meiner anzunehmen, als ich neu auf die Schule kam, und wenngleich wir völlig verschieden waren, sah man uns doch die meiste Zeit zusammen, selbst als ich mich nicht mehr in den Gängen verlief, und auch lange bevor ich ein Auge auf Lisa geworfen hatte.

Ich wußte, daß er eine Schwester hatte. Ich hatte dem zunächst nicht viel Beachtung geschenkt und nicht mehr daran gedacht. Bis zu dem Tag, an dem ich ihr plötzlich gegenüberstand.

Ich war dreckig und stank. Die Jordaens bewohnten ein großes Haus im feinen Teil der Stadt, aber sie waren für einige Tage verreist, und David konnte mir eine Hose und alles leihen, was ich brauchte, um mich umzuziehen, damit wir Zeit gewannen. Es war das erste Mal, daß ich bei ihm zu Hause war. Wir waren rot und staubbedeckt. Gewisse Zänkereien mit ein paar Typen aus der elften Klasse waren etwas heftiger ausgefallen, und wir hatten kostbare Zeit verloren. David kochte vor Wut, er riß sich die Sachen vom Leib und schleuderte sie durchs Zimmer, er schwor, wenn wir wegen dieser Idioten nur eine Minute des Konzerts verpassen sollten ... Dann flitzte er unter die Dusche.

Ich ließ mich in einen Ledersessel fallen, der meines Erachtens bestimmt soviel gekostet hatte wie meine ganze Unterkunft und Verpflegung an der Schule, zumindest für ein Jahr plus Einschreibungskosten. Diese Schwachköpfe hatten uns ein ziemliches Stück verfolgt, und es war ein milder und lauer Herbsttag, der Schweiß lief mir noch über die Stirn, ich spürte, daß mir die Haare am Schädel klebten, als käme ich aus einem türkischen Bad, und riesige Kränze erschienen unter meinen schmutzstarrenden Armen. In diesem Zustand hätte ich mich niemandem zeigen mögen, ganz gleich, wem, der bloße Gedanke hätte mich krank gemacht. Ehrlich gesagt, ich war ein recht schüchterner Junge von eher reinlichem Naturell, ich wartete ungeduldig, daß mir David Platz machte.

In diesem Moment kam sie herein. Ich lächelte gerade idiotisch, weil ich an die kleine Keilerei denken mußte und daran, wie David und ich die Beine in die Hand genommen hatten. Da zerriß etwas in meiner Brust. Ich senkte rasch die Augen und versuchte sechs Fuß tief im Boden zu versinken, während sie durchs Zimmer ging. Ihr Blick hatte mich nur gestreift, aber das Blut hämmerte in meinen Schläfen, und mein ganzes Dasein widerte mich an. Sie fragte David, was wir hier verloren hätten. Sie hätte ebensogut bemerken können, aus welcher Gosse man mich denn aufgelesen habe, oder sich die Nase zuhalten können – ich fühlte mich so unbehaglich, daß sich meine Verwirrung kaum noch zu steigern vermochte. Ich lag wie vom Blitz erschlagen in meinem Sessel. Und gleichzeitig wußte ich, daß ich sie bis ans Ende meiner Tage lieben würde. Nichts in meinem Leben war mir je so klar erschienen.

Ich war knapp sechzehn. Ich hatte es noch nie mit einem Mädchen gemacht. Jedesmal, wenn ich Lisa in den Gängen der Schule begegnete, war meine Kehle wie zugeschnürt, und ich mußte all meine Kräfte zusammennehmen, um meines Weges zu gehen, als ob nichts wäre. Eher hätte ich mich ins Feuer gestürzt, als daß ich mir irgendein Gefühl hätte anmerken lassen, ich verzehrte mich in unerschütterlicher Liebe zu ihr.

Nie redete sie ein Wort mit uns, wenn wir in ihrer Nähe waren. Für David war sie nur eine eingebildete Pute, in einer Art Übereinkunft ignorierten sie einander völlig oder wechselten nur einen dieser zerstreuten Blicke, die mich, der ich so beiläufig gestreift wurde, zutiefst betrübten. Aber ich war nicht böse. Typen, die älter waren, holten sie nach Schulschluß mit dem Wagen ab, und auch deswegen war ich ihr nicht böse. Sicher, mein Herz krampfte sich zusammen, aber ich verstand all das, ich wußte, daß ich nichts dagegen machen konnte.

Als mich David häufiger mit nach Hause nahm, lief die Sache ein wenig besser. Nicht, daß sie mir sonderlich Beachtung schenkte, aber mir schien, meine Anwesenheit störte sie nicht, und mehr verlangte ich nicht. Meistens spazierte sie im Bademantel herum, ungekämmt und mit nackten Füßen in alten Mokassins, bis dann die Stunde ihres nächsten Rendezvous' nahte. Und wenn jemand an die Tür klopfte, ehe sie ganz fertig war – was ständig der Fall war –, verschwand sie sogleich in ihrem Zimmer und kam erst nach einigen Veränderungen wieder hervor, die dazu gedacht waren, ihre Vorzüge zu betonen. Der Typ, der auf sie wartete, machte Augen, die wie Speichel leuchteten. Ich, ich liebte sie, einerlei, ob sie nun aus der Dusche kam oder in ihr Schminktäschchen gegriffen hatte. Ich war der einzige Fremde im Haus der Familie Jordaens, der in ihrer Nähe geduldet war, wenn sie sich zum Beispiel am Rand des Swimmingpools die Beine enthaarte oder eine Maske aufs Gesicht auftrug oder irgendeine Mixtur auf den Schädel, die angeblich die Frauen im alten Ägypten benutzt hatten. Ich störte sie nicht. Ich war jederzeit bereit, ihr einen kleinen Gefallen zu tun, etwa, ihr ein Glas zu holen oder Zigaretten oder was immer ihr gerade in den Sinn kam.

Ich hütete mich aber, es zu übertreiben. Auch wenn es mir schwerfiel, mäßigte ich doch den Umfang meiner Gefälligkeiten ihr gegenüber und erwies sie ganz genauso David und seinen Eltern, wenn ich Gelegenheit dazu hatte.

Gegen Ende des Winters wunderte man sich bei den Jordaens, wenn ich nicht da war. Wenn ich gewollt hätte, dann hätte ihr Haus praktisch meines sein können, aber ich fürchtete, man könne meiner schließlich überdrüssig werden, und zwang mich regelmäßig, wenn ich die Kraft dazu hatte, einige Tage lang den Fuß nicht über ihre Schwelle zu setzen. Andererseits luden sie mich nicht selten zum Abendessen ein, wenn ich noch da war, und das Gästezimmer stand mir stets offen, das hatte man mir oft genug gesagt, das sollte ich ein für allemal wissen.

Dieses Gästezimmer, mir brach der kalte Schweiß aus, wenn ich nur daran dachte. Entschied ich mich zu bleiben, erfaßte mich eine Art Schwindel, wenn ich die Treppe hinaufging, und bei der Vorstellung, was mich erwartete, drehte sich mir alles im Kopf. Dieses Zimmer war mein Paradies und meine Hölle zugleich, der Ort, wo mein Schmerz und auch meine Glückseligkeit vollkommen waren.

Ich sank vor dem Schlüsselloch auf die Knie. Ich schloß einige Minuten lang die Augen oder drückte meine Stirn gegen die dünne Türfüllung, die unsere Zimmer trennte, und ich versuchte zu widerstehen. Ich hörte, wie sie sich bewegte, so wie ich auch eine Stimme hörte, die auf mich einredete und mir aufzustehen gebot, wenn ich etwas anderes sei als ein erbärmlicher Schweinehund. Ich rang die Hände, dann preßte ich unversehens, eine leidenschaftliche Klage hinunterschluckend, mein Auge gegen das Loch.

Wenn ich Glück hatte, zog sie sich genau vor mir aus, und wenn mir der Himmel wirklich hold war, konnte ich nach ihrer Brust und den Härchen ihres Unterleibs schielen, bis mir die Tränen in die Augen stiegen. Manchmal weinte ich regelrecht, ohne zu wissen, weshalb eigentlich, bittere Tropfen kullerten seelenruhig über meine Wangen, während ich sie beobachtete. Nie fühlte ich mich hilfloser als bei diesen Gelegenheiten. Nie war mir eine Prüfung schwerer erschienen.

Nach besonders erschöpfenden Nachtsitzungen zog ich mich in der Regel zurück. Für einige Nächte blieb ich in dem Zimmer, das ich mit einem Typ aus meiner Klasse teilte, und während ich auf den Schlaf wartete, dachte ich über mein Verhalten nach. »Wozu das Ganze, wo du sie doch nie bekommst...!« sagte ich mir. »Findest du nicht, daß es so noch härter ist? Wäre es nicht besser, du begnügtest dich mit ihrem Gesicht, willst du denn ständig Salz in die Wunde streuen, willst du ihr weiter nachspionieren wie ein Geisteskranker, hast wohl in deinem Leben noch kein nacktes Mädchen gesehen...?«

Trotz alledem fing ich immer wieder damit an, ich konnte nicht anders. Ich wußte sehr wohl, daß es eine lächerliche Komödie war, daß mein Frust nur noch stärker wurde und daß mir diese Sache keineswegs Größe verlieh, dennoch fiel ich mit unfehlbarer Sicherheit wieder vor dieser verfluchten Tür auf die Knie, als wäre ich daran festgekettet. Diese elende Versessenheit machte mich ganz hilflos.

Die Monate vergingen, doch das Leben stand still. David hatte sich eine Freundin zugelegt und vernachlässigte mich ein wenig. Das traf sich gut, ich wollte ohnehin nur die meiste Zeit allein sein, und ich sagte ihm, er solle sich um mich keine Gedanken machen. Doch das hatte auch Auswirkungen auf seine Noten, und so fanden wir uns, als es auf die Abschlußklausuren zuging, jeden Nachmittag bei ihm zu Hause ein, und ich half ihm, seine Mathekenntnisse aufzubessern, so sah ich Lisa täglich. Während dieser Idiot über seinen Aufgaben schwitzte, stand ich auf und ging in den Garten hinaus, und ich betrachtete sie unauffällig, und ich war immer noch unsterblich verliebt. Kein Mädchen meines Alters konnte ihr das Wasser reichen. Wie sehr langweilte ich mich in Gesellschaft der anderen, welch fahles Licht, verglichen mit Lisas Glanz! Ihr Vater neckte mich zuweilen, er wunderte sich, daß ich mir noch keine geangelt hatte, und ermahnte mich, nicht so schüchtern zu sein. Ich haßte ihn, wenn er mit diesem Thema anfing, ich wandte meinen Blick ab, worauf er, im Glauben, mich aufrichten zu müssen, seinen Arm um meine Schultern legte und irgendeinen Unfug über das Leben verzapfte.

Die Nächte waren still und warm. Ich mochte diese Familie aufrichtig, aber mitunter ertrug ich sie nicht mehr. Warum, wußte ich nicht so recht. Ich fühlte mich gereizt und mußte so manche launische Anwandlung bezähmen. Ich verkürzte die Abende, soweit dies machbar war. Oder ich schloß mich im Gästezimmer ein, sobald ich mich davonmachen konnte. Daß sie abgeholt wurde und erst mitten in der Nacht zurückkam, war mir egal. Ich wartete auf sie. Ich war nicht eifersüchtig, ich quälte mich nicht damit, daß ich sie mir in den Armen eines anderen vorstellte. All das interessierte mich nicht, ich wartete auf sie, die Augen weit aufgerissen, auf meinem Bett ausgestreckt, ohne einen Ausweg zu wissen, doch um keinen Preis hätte ich meinen Platz aufgegeben, denn kaum hörte ich sie die Treppe hinaufsteigen – sie machte nicht das leiseste Geräusch, dennoch befiel mich ein langes Zittern –, kaum schlich sie sich in ihr Zimmer, richtete ich mich in der Dunkelheit auf und schritt wie ein Roboter zu ihrer Tür und beugte mich zu dem erleuchteten Schlüsselloch hinab.

Und dann passierte es. Das war, wie gesagt, in jener Zeit kurz vor den Prüfungen, die am Sommer nagten, und allmählich mangelte es mir an Schlaf, Katja und Robert Jordaens waren eine Woche lang verreist gewesen, sie hatten uns das Haus mit den üblichen Ratschlägen überlassen und waren gerade erst zurückgekommen. Lisa war jeden Abend ausgegangen, und mehr als einmal hatte ich den Morgen dämmern sehen, bevor sie auf ihr Zimmer zurückkehrte. Ich weiß nicht, ob sie noch Zeit fand zu büffeln, da sie nie vor Mittag aufstand, ich jedenfalls stellte mir den Wecker und stürzte mich mit einem fürchterlichen Gähnen auf meine Unterlagen und kippte nach einigen matten Bahnen im Swimmingpool Kannen von Kaffee. An jenem Abend konnte ich mich kaum auf den Beinen halten. Ich war mir bewußt, daß ich an meine Grenzen gelangt war. Katja hatte das bereits bemerkt, als sie mir einen Begrüßungskuß gab. Sie hatte mich gefragt, ob mir nichts fehle, ob ich mir sicher sei. Und doch weigerte ich mich, klein beizugeben, ich war wie ein tollwütiger Hund, wo der geringste Funken Verstand genügt hätte, um wenigstens eine Nacht außerhalb dieses Hauses Ruhe zu suchen. Es war stärker als ich. Den ganzen Tag über lebte ich nur für diese wenigen Minuten, in denen ein Ozean aus Feuer über meinem Kopf zusammenschlug, und die Müdigkeit tat ein übriges, daß dieses kleine Spiel zu einer fixen Idee wurde.

Bevor wir zu Tisch gingen, spritzte ich mir Wasser ins Gesicht, und nach dem Essen trank ich Kaffee, und ich hielt noch eine Stunde durch in Gesellschaft von David und seinen Eltern. Lisa hatte gelogen, sie hatte behauptet, sie sei die ganze Woche brav ins Bett gegangen, und ich hatte mich eingemischt, ich hatte gesagt, das sei die reine Wahrheit, ohne dafür nur das geringste dankbare Lächeln zu ernten, und sie war erneut losgezogen, und sie hatte mich ja auch um nichts gebeten. Ich zwickte mich, ich schlug die Beine übereinander, ich packte mich am Nacken. Dank meiner Hilfe hatten Davids Mathekenntnisse ein achtbares Niveau erlangt, und sein Vater verpaßte mir ein paar liebevolle Klapse auf den Rücken, ohne die ich mich vermutlich der Länge nach auf den Teppich gelegt hätte, auch wenn er mir gerade irgendeinen Ferienaufenthalt gemeinsam mit ihnen anbot. Wenn ich es wünschte, wolle er gern mit meinem Stiefvater telefonieren und alles regeln. Es gab Momente, da schlief ich glatt mit offenen Augen.

Erst einmal auf dem Zimmer, sammelte ich meine letzten Kräfte. Ich tigerte um das Bett herum, ich schwankte und taumelte in der Dunkelheit, denn natürlich durfte mich kein Licht bei ihrem Kommen verraten. So wie ich auch zögerte, die Dusche laufen zu lassen.

Die Stille und die Finsternis waren meine einzigen Verbündeten, erwiesen sich jedoch auch als furchterregende Gesellen, erschossen, wie ich war. Ich kämpfte stundenlang, verbot mir, ruhig zu verharren, und wenn mich meine Beine nicht mehr trugen, setzte ich mich auf die Bettkante und biß mir in die Unterarme. Mir war, als nähme diese Nacht nie ein Ende und als stritte ich mit einem Feind, der schrecklicher war als der Schlaf. Mein Rücken schmerzte, mein Kopf baumelte sinnlos hin und her, als ich endlich hörte, daß sie zurückkam. Es war drei Uhr morgens. Ich konnte nicht mehr. Dennoch schleppte ich mich auf meinen Posten, ich schnitt Fratzen vor Schwäche, war wie im Koma. Klar doch, ich hatte im Laufe dieser Woche höchstens zwanzig Stunden geschlafen, ich hätte jemand anders dabei sehen wollen. Eine einzige Strafe, eine solche Erschöpfung, und welch ein Pech, daß all diese angestaute Müdigkeit in eben dem Moment über mich herfiel, als meine Inniggeliebte mit ihrem Striptease loslegte! Kurz und gut, ich weiß nicht so recht, was eigentlich passiert ist. Ich muß eingeschlafen sein. Bin ich darauf schwer und schlaff gegen die Tür gesunken? Habe ich einen quäkenden Seufzer ausgestoßen? Jedenfalls ging das Ding auf, und ich flog der Länge nach in ihr Zimmer, nicht mehr und nicht weniger.

Mein ganzer Körper hallte noch von dem Sturz wider, als mich ein unsäglicher Schrecken ergriff. »Das ist furchtbar, das ist entsetzlich …!« dachte ich, bevor ich auch nur den Kopf hob. Ich krümmte mich wie ein Verrückter. Konnte man mir keine Decke zuwerfen, um mich ihrem Blick zu entziehen, konnte mich nicht augenblicklich ein Blitz treffen oder wenigstens die Sicherungen rausspringen lassen?

»Ach nein!« sagte sie.

Sie hatte ihr Höschen noch an. Wenn sie ihre Brust verdecken wollte, dann verschränkte sie ihre Arme zu tief. Aber ich hielt mich nicht mit derlei Details auf, mein Atem setzte aus, und mein Herz klopfte so schnell, daß ich glaubte, mein letztes Stündlein habe geschlagen.

»Da schau her!« fügte sie hinzu.

Ich war wie ein Fuchs, den man, das Gewehr im Anschlag, im Hühnerstall erwischt. Meine Lippen zitterten, und ich fand nicht das geringste Wort der Entschuldigung. Ich war wie versteinert. Ich, der normalerweise unter solchen Umständen errötend die Augen niedergeschlagen hätte, ich starrte sie an, und garantiert war ich bleich wie der Tod.

Worauf wartete sie noch, daß sie nicht nach Hilfe rief oder mir irgendetwas auf den Schädel schmetterte? Das zweite wäre mir lieber gewesen, aber ich war bereit, meine gerechte Strafe zu empfangen, was es auch sei. Also, warum rührte sie sich nicht, warum drückte ihr Gesicht keinerlei Zorn aus, warum leuchtete ihr Blick so seltsam, mein Gott, warum war sie so hübsch? Ich hätte ihr gewiß einen Dolch gereicht, hätte ich einen zur Hand gehabt. Sie mußte sich trotz allem beeilen, sonst würde ich erneut einschlafen.

Sie half mir auf. Bestens. Ich starb lieber stehend. Dann hat sie mich auf ihre Bettkante gedrückt. Sehr gut, es war an ihr, zu ermessen, welche Hinrichtung einem Elenden wie mir am ehesten zustand. Dann mit einem Mal preßten sich ihre Lippen auf meine, und ich spürte, wie ihre Zunge in meinen Mund eindrang.

Ich wäre fast in Ohnmacht gefallen, wie damals, als ich die Nachricht vom Tod meines Vaters erhielt. Im ersten Moment, während sich eine ihrer Hände unter mein T-Shirt schlängelte, hätte ich nicht sagen können, ob ich sehr glücklich oder sehr unglücklich war, meine Empfindungen waren viel zu heftig.

Ich muß zugeben, ich war sogar erschrocken. Das war das erste Mal, daß sich ein Mädchen derart wild an mich preßte. Meine sämtlichen Erfahrungen auf diesem Gebiet, zumindest die wenigen Berührungen, die ich diesem Register hatte zuordnen können, erschienen mir jetzt lächerlich unbedeutend. Alles in allem war ich nicht so gewieft, wie ich es gern gewesen wäre. Zudem liebte ich sie so sehr, so rein, daß ich *darauf* nicht gefaßt war. Und obendrein war ich dermaßen müde.

Nach einer Weile hat sie sich aufgerichtet, um zu sehen, was ich da eigentlich trieb. Ich wußte es selbst nicht. Ihre Wangen waren rosig. Ich hatte das Gefühl, sie war ein wenig gereizt. Wenn ich noch ganz richtig sah, hatte sich der Umfang ihrer Brüste verdoppelt, viel fehlte zumindest nicht. Ich lächelte sie an, dann gähnte ich fürchterlich. Das letzte, was ich tun durfte, wenn man mich fragt.

Sie hat mich ganz merkwürdig angeschaut. Wir schwitzten beide, wenn auch aus verschiedenen Gründen. »Machs jetzt!« habe ich mir gesagt. »Nur Mut!« Ich mußte gegen soviel Dinge auf einmal ankämpfen!

Und das war noch nicht alles, denn mich erwartete eine weitere Überraschung. Ich war gerade dabei, mir einen Plan zurechtzulegen, wie ich dazu übergehen könnte, ihre Brust zu streicheln oder etwas in der Art, während ich sie mit meinen geschwollenen Augen verschlang – ein Fall von Myxomatose, könnte man sagen –, als mich ein Geistesblitz durchzuckte. Plötzlich kam mir ihr lasziver Blick ungeheuer suspekt vor, und ihr Atem noch mehr, wie sie da so nervös über mir atmete. Meine Güte, sie war blau!

Ein gräßlich schwarzer Gram überflutete mich. Ich ließ mich auf das Bett fallen, aber ich spürte nichts in meinem Rücken, fiel immer weiter, endlos wie meine Bitterkeit.

Sie schüttelte mich. Ihr Gesicht war hart. Sie hatte ihren Bademantel um die Schultern und befahl mir mit leiser

Stimme, schleunigst abzuhauen. Ich streckte lasch die Hand nach ihren Haaren aus, die auf meine Brust wallten und die ich noch nie berührt hatte. Sie stieß mich heftig zurück, bevor ich mein Ziel erreicht hatte. »Mach, daß du wegkommst, hörst du? Raus aus meinem Zimmer!« Sie krallte sich mein T-Shirt und zerrte es hin und her, um mich aus dem Bett zu schleudern, dabei beschimpfte sie mich immer ärger. Gott ist mein Zeuge, daß ich, obwohl es den Anschein hatte, nicht versuchte, mich darin einzunisten, und daß ich am liebsten verschwunden wäre, noch bevor sie es wünschte, aber ich wog Tonnen, ich brauchte eine gewisse Zeit, um mich zu rühren. Glaubte sie, das sei so leicht, glaubte sie, ich könnte seelenruhig auf die Beine springen, wo ich am Boden zerstört war?

Am nächsten Morgen trat Robert Jordaens in mein Zimmer. Er hat sich vor meinem Bett aufgebaut und mir erklärt, daß ich dieses Haus verlassen müsse. Ich habe nichts erwidert. Ich wußte nicht, was sie erzählt hatte, und es interessierte mich nicht. Ich habe meine Sachen gepackt. Alles war still und das Zimmer strahlte im Morgenlicht. Mir war, als hätte ich diesen Tag schon einmal erlebt. Ich begegnete keinem Mitglied der Familie, als ich ging, ein verlassener Ort, mochte man meinen, oder aber ich hätte die Pest.

Jean Vautrin
Der Grünschnabel

Bertrand d'Alleaume hat mich hinter der Tür des kleinen Büros geküßt. Ich war schon darauf gefaßt, seit ein zarter Schnurrbart dem jungen Herrn diese plumpe Schnute verliehen hatte, die nicht mehr zur Kindheit paßt. Wir ließen den Winter in aller Ruhe seinen Schal stricken, und Anfang März erwartete ich gespannt die ersten Landkarten auf Monsieur Bertrands Bettlaken. Der Grünschnabel wendete jeden Abend vor dem Einschlafen die Seiten im Atlas um.

Einmal habe ich ihn überrascht, wie er sich gerade hinter mir erhitzte. Ich hatte mich gebückt und vorgestreckt, um einen Rest Kehricht aufzunehmen, der sich unter der Kommode angesammelt hatte. Der Junge betrachtete die Prallheit meines ausgestreckten rechten Oberschenkels.

Er lachte kurz und verlegen auf, als er meinem Blick begegnete. Er sagte in einem für sein Alter erschreckend kalten Ton: »Ich rede nicht gern darüber, Marie, aber wenn Sie die Wahrheit wissen wollen, ich finde, Sie sind ein Mädchen, bei dem einem die Hosenknöpfe abspringen.«

Trotz seiner dreizehneinhalb Jahre setzte er dieses harte und blasierte Gesicht der großen Verführer der Leinwand auf. Er fügte hinzu: »Ich bin etwas beschwipst, weil ich ziemlich viel von dem Kirschlikör meiner Mutter aus der Karaffe im Salon getrunken habe, trotzdem liegt mir daran, Ihnen mitzuteilen, was Sie in mir geweckt haben.«

Ich bin um den Tisch herumgegangen, damit ich nicht dicht an Monsieur Bertrand vorbeimußte, aber er war schneller und hat mir den Weg versperrt. Er fing an, dummes Zeug unter meinem Mieder zu machen. Manchmal kann man nichts dafür: Auf einmal fand ich mich wieder beim Erbsenpalen in der Küche mit jener Art Bauchweh, wie man es immer bekommt, wenn man sich zu sehr hinreißen läßt, weil man sich über jemanden aufregt.

Monsieur Bertrand hat mich noch ein weiteres Mal erwischt. Er sagte zu mir, er mache sich tödliche Vorwürfe, daß er für meine Sinnlichkeit und meine Körpergerüche nicht unempfänglich sei. Er hat damit argumentiert, daß ich mit achtundzwanzig keinen Grund hätte, meine Scheißehre zu verteidigen. Ich habe ihm eine Ohrfeige gegeben, weil er anfing, meinen Bauch zu reiben. Er hat mich mit verstocktem Gesicht angesehen, und ich habe festgestellt, daß er an dem Aknepickel, der seine Stirn zierte, herumgedrückt hatte. Er hat versichert, es machte ihm nichts, wenn ich seine Avancen zurückwiese, er hätte ja Sinn für Humor. Er ist aus dem Zimmer gegangen, wobei er zu verstehen gab, ich wäre gewiß von uns beiden am meisten erstaunt gewesen, wenn ich nur geahnt hätte, welche Wunder er mit drei Fingern und dem Daumen vollbringen kann.

Monsieur Bertrand ist in die Schule gegangen. Er ist früher als gewöhnlich zurückgekehrt. Hat sein Zeugnisheft ins Feuer geworfen. Hat seiner Familie mit schrecklich finsterem Blick verkündet, er sei zu niedergeschlagen, um seine Studien fortsetzen zu können.

Nach dem Abendessen hat mir Monsieur d'Alleaume senior oder Monsieur Raymond, wenn Sie das vorziehen, bedeutet, ihm ins Rauchzimmer zu folgen.

Er hat sich eine Zigarre angezündet. Er hat träumerisch den Rauch ausgestoßen, während er mich musterte. Er hat mir erklärt, er werde keine großen Umstände machen. Das ist übrigens auch nicht seine Art. Zu Beginn meines ersten Dienstmonats hat er mich dreimal hintereinander in meiner Mansardenkammer besucht. Ohne mich weiter nach meiner Meinung zu fragen, hat er sich auf mein Bett gelegt und mich aufgefordert zu ihm zu kommen. Er hat nur zu mir gesagt:

»Hättest du etwas dagegen, diese verdammte Lampe auszumachen?«

Im Dunkeln wurde er immer unbekümmerter, und man kann sich denken, was geschah. Am Anfang, mein Gott, wenn ich Madame sah, habe ich mich furchtbar geschämt! Aber ich konnte rein gar nichts dafür. Monsieur Raymond hat meinen Lohn erhöht. Abgesehen von zwei

Gelegenheiten, wo er rückfällig wurde, ein Opfer hartnäckiger innerer Unruhe, hat er nie mehr versucht, mich in diesen, wie er es nannte, Taumel seiner Balkannächte zu ziehen.

In den drei Jahren, die ich im Dienst der Familie stehe, hat sich Monsieur Raymond d'Alleaume sehr verändert. Er ist zum Bürgermeister gewählt worden. Bekanntheit geht oft einher mit einem Nachlassen der Organe. Die Ehrbarkeit verlagert den Schwerpunkt nach hinten. Die Körperfülle wird ausgeglichen durch einen steifen Nacken, durch Kinnfalten, die fast bis auf die Brust reichen.

An diesem Abend ist Monsieur Raymond purpurrot angelaufen, als habe man ihn mit dem Brenneisen attackiert. Die Haut in seinem Gesicht glühte. Er hielt mir einen hochtrabenden Vortrag, in den er umständlich, in wirrem Durcheinander, unzusammenhängende Sätze einflocht über die glückliche Schalheit des Ehelebens, die Bedeutung der Sünde, die Vollkommenheit der Blumen und die Art, sich was dazuzuverdienen. Dabei knetete er meine Hand, schob Geld für ein ganzes Jahr hinein, flehte mich mit der Stimme, mit dem Blick an, ihm einen angedeuteten Dienst zu erweisen.

Eine Viertelstunde später machte ich mir vor dem Bücherregal zu schaffen. Aus purer Dämlichkeit habe ich mich mit einem Buch aufgehalten. Da sah ich den jungen Herrn hinter dem Wandbehang vorkommen. Kühn wie eine Mauerkröte kam er auf mich zu.

Ich habe die Augen zugemacht. Ich habe mir den Satz wiederholt, den ich gerade in dem Buch aufgelesen hatte: »Mit Kindern ist es wie mit den Jahren, man sieht sie nicht wieder.«

Und alles geschah, wie ich gesagt habe: Bertrand d'Alleaume hat mich hinter der Tür des kleinen Büros geküßt.

Nadine Monfils

Das Tintenfaß

Jeden Morgen begab sich Natascha, den Ranzen prallvoll mit Träumen, zur Schule. Unter ihrem Baumwollkleid war sie ganz nackt und schelmisch genoß sie, wie der Wind sanft ihre Puppenbrüste streichelte. Natascha war keine Schülerin mehr sondern Lehrerin, seitdem sie ein kartoniertes Papier voll mit Unterschriften erhalten hatte, die von wichtigen Herren daraufgekritzelt worden waren.

Im Gegensatz zu ihren Freundinnen, die ihr Zeugnis eingerahmt und aufgehängt hatten, hatte Natascha es schleunigst in eine Schublade gesteckt, unter die Regimentsfotos von Onkel Ernest.

Die Kleine hatte die Schule immer gehaßt, aber sie war hingegangen, um ihrem Papa einen Gefallen zu tun.

Als sie ins sogenannte Erwachsenenalter gekommen war, hatte man ihr erzählt, daß Unterrichten ein sehr schöner Beruf für eine Frau sei und auch, daß sie Anrecht auf eine Pension hätte, wenn sie anfinge, zu verrotten. Da sie schon immer sehr beeinflußbar war und ihrem Papa nicht mißfallen wollte, ist Natascha also Lehrerin geworden.

Ihre Eltern waren sehr zufrieden, eine Tochter zu haben, die Lehrerin ist, sogar die Nachbarn grüßten sie jetzt respektvoll, wenn sie ihr begegneten. Außerdem beteuerte Nataschas Mutter gegenüber jedem, der es hören wollte, daß ihre Tochter jemand sehr Anständiges sei und einem ehrenhaften Beruf nachgehe.

Aber niemand – außer einem alten Pelikan, der in den Sümpfen lebte – wußte, daß sie nicht in einer gewöhnlichen Schule unterrichtete.

Nataschas Schule befand sich inmitten einer türkisfarbenen Porzellaninsel. Morgens kletterte die Kleine in einen aus Daunen gefertigten Nachen, der hinter dem Schilfrohr des Sumpfes versteckt war, von wo aus der Pelikan sie bis zu ihrer Insel zog. Um ihm zu danken, spreizte sie die Schöße ihres Kleides und öffnete ihm ihr Geschlecht mit den weichen und sanften Lippen, die Katzenzungen glichen. Wenn er glaubte, diesen zerrissenen Kern lange genug bewundert zu haben, dann half der Pelikan Natascha, an Land zu gehen. Sie kam häufig zu spät zum Unterricht.

Die Kleine mußte sehr aufpassen, um beim Laufen den Boden nicht kaputtzumachen; eine Porzellaninsel ist sehr zerbrechlich. Deshalb trug sie keine Schuhe.

In der Schule, in der Natascha unterrichte, waren die Zeugnisse zu nichts nütze. Der Direktor, ein dickes Chamäleon (er konnte so überall hingehen, ohne bemerkt zu werden, was die Lehrer nötigte, auf der Hut zu sein), stellte sein Personal ein, indem er sich ausschließlich auf seinen Tierinstinkt verließ. Natascha wurde sofort angenommen, weil sie positive Wellen aussandte.

Was die Schüler anging, so ähnelten sie in nichts anderen Schülern! Sie benötigten nichts, um den Unterricht zu besuchen: Alles war in ihnen. Manche hatten ein Geschlecht in Form eines Füllfederhalters, und sie brauchten nur den Reißverschluß ihrer Allzweckhosen herabgleiten zu lassen, um eine lange Rute hervorzuholen, die sich bis auf ihr Pult erstreckte. Natürlich floß in ihren Adern Tinte. Mittags in der Schulkantine bekamen sie ein Glas blaue Tinte, um ihren Vorratsbehälter aufzufüllen. Sonntags hatten die Internen Anrecht auf ein Glas rote Tinte. Das war ein Privileg!

Allerdings gab es sogar Schüler, die es fertigbrachten, über die Sorte zu meckern: Manche mochten die Tinte lieber, die im Beaujolais hergestellt wurde, andere die aus Burgund. Der Direktor wurde deshalb häufig böse und leuchtete dann in allen Farben.

»Die Kinder sind zu verwöhnt!« sagte der Weinkellner und setzte sich auf die Tische, um die Flecken mit Hilfe des Löschpapiers aufzusaugen, das an seinen Pobacken klebte. »Zu meiner Zeit hat man nicht gewagt, zu protestieren. Nein, wie sind die jungen Leute von heute doch schlecht erzogen!«

Natascha beaufsichtigte auch das Mittagessen. Sie unterhielt sich gern mit den Köchinnen, die immer guter Laune waren, denn sie hatten nichts zu spülen, da die Handfläche der linken Hand bei den Schülern so groß war, daß sie als Teller dienen konnte. Sie aßen mit Hilfe der rechten Hand, deren Finger so spitz zuliefen wie die Zinken einer Gabel. Nach dem Essen leckten sich die Kinder die Finger ab, dann rieben sie sie am Revers ihrer Staubmäntel.

An jenem Tag sollte Natascha ihren Schülern das »Gehenktenspiel« beibringen. Das war eine sehr wichtige Lektion für diejenigen, die Minister werden wollten. Und es gab eine Menge Kandidaten! (Was für Einsparungen für den Staat in puncto Büroausstattung! Denkt nur, Minister, die mit ihrem Geschlecht schreiben und mit ihrer Zunge radieren ...)

Natascha beobachtete mit gerührter Miene die braven Kleinen, die hinter ihren Holzpulten saßen. Auf den Schreibtafeln konnte man leidenschaftliche Kritzeleien lesen, die ihre romantische Seele widerspiegelten: »Für Lucette – das ganze Leben lang« oder »Gina hat eine große Kapuze, da würde ich gern meine Stiftspitze hineinstecken«. Plötzlich unterbrach ein Schüler Nataschas Vorlesen.

»Frollein, ich hab keine Tinte mehr!«

»Schüttel tüchtig deinen Reservoir-Federhalter, Poilvache!«

Der Junge packte sein Geschlecht zwischen Daumen und Zeigefinger und schüttelte es kräftig. Aber es kam kein einziger Tropfen heraus.

»Komm auf meine Knie«, riet ihm Natascha.

Sie zog ihm die Hose aus und drückte die Pobacken auseinander. Sogleich entdeckte sie eine kleine faltige Rosette, die sich unter dem Druck ihres Fingers schloß. Natascha öffnete die Schublade ihres Schreibtisches und zog eine Patrone in Zäpfchenform heraus, die sie ein wenig anfeuchtete, damit sie leichter gleiten konnte. Mit einer sehr präzisen Bewegung drückte sie die Patrone in das Herz der geöffneten Blume, die sich sofort zusammenzog. Die Kleine spürte, wie sich die Muskeln des Schülers um ihren Zeigefinger spannten, was sie dazu verführte, ihn einen Augenblick dort zu lassen, derart angenehm erschien ihr diese Empfindung. Sie war fasziniert vom Muster dieser Blütenblätter, die so dünn waren wie Nadeln und die sich um ihren glänzenden Nagel ausbreiteten.

Der Knabe begann sich zu regen. Die Tinte stieg ihm zu Kopf: Er war blau vor Scham. Natascha zog ihren Finger zurück, und der Junge beeilte sich, seine Hose wieder anzuziehen. Währenddessen vergnügte sich Vercheval, der Faulpelz der Klasse, damit, seine kleinen Kameraden zu bespritzen.

»Vercheval, ich habe dich gesehen! Heute abend kommst du zu mir, dann gebe ich dir hundert Peitschenhiebe!«

»Oh ja, Fräulein!« sagte der Schüler mit glänzenden Augen.

Er hatte keine Gelegenheit, mehr zu verlangen, da der Kirchendiener eintrat. Er hob seine rote Soutane hoch und drückte auf seinen Nabel, damit ließ er die Klingel ertönen, die das Ende des Unterrichts anzeigte.

Natascha legte den Schülern ans Herz, ihren Füllfederhalter gut wegzupacken, die Spitze nach oben, damit die Tinte nicht an ihren Schenkeln herunterlaufen und womöglich ihre weißen Socken beschmutzen würde.

Bevor sie nach Hause gingen, urinierten die Schüler in riesige Tintenfässer, aus denen die Flüssigkeit durch Röhren in den Keller der Hausmeisterin ablief. Dort gab es eine moderne Anlage, die dazu vorgesehen war, die Tinte aufzufangen. Die Hausmeisterin, eine überzeugte Umweltschützerin, war sehr stolz darauf, sagen zu können, daß sie ihre Tinte selbst abziehe. Der Direktor, der seinem Personal gegenüber sehr aufmerksam war, hatte neue Tintenfässer mit durchsichtigen Böden einbauen lassen, das ermöglichte es der guten Frau, sich die Augen auszugucken, während sie in ihrem Keller strickte.

Am nächsten Tag gab Natascha eine Stunde in Sittenlehre. An der Wand ein Plakat des Blauen Kreuzes, auf dem zu lesen war: »Spendet Tinte«. Als alle saßen, stellte die Kleine fest, daß der Schüler Vercheval beim Aufrufen fehlte. Sie machte sich Sorgen. Plötzlich trat der Aufseher in die Klasse, er hielt ein Tränenbecken unter dem rechten Auge.

»Fräulein, es ist furchtbar, der kleine Vercheval ist gestorben – *eingetrocknete Tinte*!«

Sofort wechselte Natascha ihre Peitsche. Sie kaufte eine aus Schlangenfedern. Sehr viel weicher!

Es war wirklich eine ideale Schule, in der die Lehrer sich in Frage stellten. Außerdem war sie sehr gepflegt. Einmal im

Monat kam eine alte Schulrätin, um zu überprüfen, ob die Schüler ihre Arbeitsutensilien auch gut pflegten. Sie hätte lange schon pensioniert werden sollen, aber da sie die Geliebte eines hohen Beamten gewesen war, hatte man ihr jedesmal einen Erlaß der Strafe zugebilligt. Die alte Dame ließ die Schüler sich in einer Reihe aufstellen, die Hosen heruntergelassen bis zur halben Wade. Dann untersuchte sie genauestens die Spitzen ihrer Füllfederhalter. Manchmal probierte sie, mit ihnen zu schreiben. Am Ende ihres Besuches suchte sie denjenigen aus, der sich am leichtesten halten ließ und stellte seinen Besitzer für ihre persönliche Korrespondenz ein. Trotz ihrer großen Erfahrung im Unterrichtswesen war sie stark behindert, denn sie hatte aus ihrer Laufbahn als Lehrerin ernsthafte Nachwirkungen davonzutragen. Sie war an gesteigerten Schrullen erkrankt und hatte eine Kur in einigen Restaurants im Süden Frankreichs absolviert, die für ihre Fliegengerichte berühmt waren. Aber das Unterrichten hinterläßt unauslöschliche Spuren, und ihre Krankheit stellte sich als unheilbar heraus. So schrieb die alte Schulrätin nie, ohne die Feder ihres Füllfederhalters mit der Zungenspitze zu befeuchten. »Das gleitet besser!« sagte sie.

»Natascha! Wach auf! Du kommst zu spät zur Schule!«

Die Kleine rieb sich die Augen und streckte sich lange, ein bißchen traurig darüber, aus ihrem Traum herauszumüssen. Schweren Herzens schlüpfte sie in ihr braunes Schneiderkostüm und schnürte ihre Stiefeletten. Dann packte sie ihre Mappe voll mit Heften der Schüler und brach auf, um ihre acht Stunden Unterricht am Institut für reformierten Unterricht in der Nachbarstadt zu geben. Ihr Beruf als Lehrerin machte sie flügellahm. Sie erstickte in diesem mit didaktischen Aushängen vollgeklebten Käfig. Natascha wollte gerade das Fenster öffnen, als der Direktor eintrat und den Besuch der Schulrätin ankündigte. Die Kleine blieb wie angenagelt auf ihrem Platz: Die Dame ähnelte genau der aus ihrem Traum! Am stärksten überrascht war Natascha jedoch, als die Schulrätin zu sprechen anfing: Ein feines Rinnsal blauer Tinte perlte aus ihren Mundwinkeln.

Autoren und Quellen

DOMINIQUE BUISSET, geboren 1945, lebt in Paris. »Comment je suis devenu amateur d'art« aus Heft 19 der *Nouvelles nouvelles,* Paris 1987. Deutsch von Sigrid Vagt

PHILIPPE DJIAN, geboren 1949 in Paris, lebt in Südfrankreich. »Comme à la mort de mon père«, 1989. Leicht gekürzt aus *Krokodile: Sechs Geschichten.* Deutsch von Michael Mosblech. © der Übersetzung Diogenes Verlag AG, Zürich 1993

MARGUERITE DURAS, geboren 1914 in Giadinh (Vietnam), gestorben 1996 in Paris. »L'homme atlantique«, Paris 1982. Deutsch von Regula Wyss. © der Übersetzung Stroemfeld Verlag, Basel und Frankfurt am Main 1985

PIERRETTE FLEUTIAUX, geboren 1941 in Guéret, lebt in Paris. »Bertrand d'Alleaume m'a embrassé derrière la porte du petit bureau« aus der gleichnamigen zweisprachigen Original-Anthologie. Deutsch von Eugen Helmlé. © Beck & Glückler Verlag, Freiburg 1989

PAUL FOURNEL, geboren 1947 in Saint-Etienne, lebt in Paris. »La vie des mots« aus *Les grosses rêveuses: nouvelles.* © Editions du Seuil, Paris 1982. Deutsch von Eugen Helmlé

HERVÉ GUIBERT, geboren 1955 in Paris, dort gestorben 1991. »Le trio mystérieux«, 1980 aus *La piqûre d'amour et autres textes.* © Editions Gallimard, Paris 1994. Deutsch von Hinrich Schmidt-Henkel

JACQUES JOUET, geboren 1947, lebt in Paris. »Nouvelles amoureuses«, 1987 aus Jahrgang 100, Heft 3 der *Neuen Rundschau.* Deutsch von Eva Groepler, bis auf die Geschichte von Bertrand d'Alleaume, deutsch von Eugen Helmlé, aus der unter Pierrette Fleutiaux genannten Anthologie. © Beck & Glückler Verlag, Freiburg 1989

JEAN MARIE GUSTAVE LE CLÉZIO, geboren 1940 in Nizza, lebt dort. »Le temps ne passe pas« aus Heft 414/415 der *Nouvelle revue française,* Paris 1987. Deutsch von Frank Heibert

NADINE MONFILS, geboren 1953 in Brüssel, lebt in Paris. »L'encrier«, 1995 aus *Contes pour petites filles perverses.* © Editions du Rocher, Monaco. Deutsch von Tobias Scheffel

GEORGES PEREC, geboren 1936 in Paris, dort gestorben 1982. Kapitel 16 »Qui fournit un appui probatif à la position du dollar ($)« aus »La disparition«, Paris 1969; *Anton Voyls Fortgang,* deutsch von Eugen Helmlé 1986. © der Übersetzung Zweitausendeins, Postfach, 60381 Frankfurt am Main

ROBERT PINGET, geboren 1919 in Genf, lebt in Paris. »Les concombres« aus »Entre Fantoine et Agapa«, Paris 1951. Deutsch von Gerda Scheffel in der Anthologie *Frankreich erzählt*, Fischer Taschenbuch Verlag, Frankfurt am Main 1972. © der Übersetzung Gerda Scheffel

ERIC ROHMER, geboren 1920 in Nancy, lebt in Paris. »L'amour l'après-midi«, als Film 1972 entstanden, für diesen Band gekürzt aus *Meine Nacht bei Maud: Sechs moralische Erzählungen,* deutsch von Bernhard Frey. Fischer Taschenbuch Verlag, Frankfurt am Main 1987. © Editions de l'Herne, Paris

PHILIPPE SOLLERS, geboren 1936 in Bordeaux, lebt in Paris. »Lettres de Sophie« aus »Portrait du Joueur«, Paris 1984; *Portrait des Spielers,* deutsch von Hans Thill 1992. © der Übersetzung: Verlag Das Wunderhorn, Heidelberg

ROLAND TOPOR, geboren 1938 in Paris, lebt dort. »Le goût salé de la vie« aus Heft 8 von *Zéro*, Paris 1987. Deutsch von Eugen Helmlé

MICHEL TOURNIER, geboren 1924 in Paris, lebt in Choisel. »Le miroir à deux faces«, 1988, deutsch aus dem Manuskript von Hellmut Waller

JEAN-PHILIPPE TOUSSAINT, geboren 1957 in Brüssel, lebt in Paris. Aus dem Roman (dort ohne Überschrift) »L'appareil-photo«, Paris 1987; *Der Photoapparat*, deutsch von Joachim Unseld 1991. © der Übersetzung Suhrkamp Verlag, Frankfurt am Main

JEAN VAUTRIN, geboren 1933 in Pagny-sur-Moselle, lebt in Paris. »Le Béjaune«, deutsch von Christine Delory-Momberger und Ulrike Schubert aus der unter Pierrette Fleutiaux genannten Anthologie. © Beck & Glückler Verlag, Freiburg

GEORGES WOLINSKI, geboren 1934 in Tunis, lebt mit seiner Frau Maryse in Paris. »Ruptures Ruptures« aus Heft 17 der *Nouvelles nouvelles,* Paris 1987, deutsch von Frank Heibert

Geschichten von der Liebe

Michelangelo Antonioni
Chronik einer Liebe, die es nie gab
Als Schriftsteller gelingt Antonioni das, was er als Filmer immer wieder wollte – »Nicht den Ablauf von Fakten schildern, sondern von Momenten, die die geheimen Spannungen in diesen Fakten anzeigen«.
So sind seine Erzählungen Portraits von der unmöglichen Liebe, von verfehlten Begegnungen und unterlassenen Gesten.
SVLTO. Rotes Leinen. Erweiterte Ausgabe. 160 Seiten

Luis Buñuel
Die Erotik und andere Gespenster
Hemmungslose Gespräche mit dem großen Regisseur über erstunkene Wahrheiten, samt politischer Giftereien, Schmähungen abwesender Berühmtheiten und blasphemischer Abschweifungen über lebende wie tote Gespenster.
WaT 203. 208 Seiten mit vielen Abbildungen

Liebes-Erklärungen
Ins Gespräch gebracht von Claudia Schmölders
Dichter und Denker über die Liebe und ihre Heimsuchungen. Ein deutsches Lesebuch aus zwei Jahrhunderten über ein undeutsches Thema.
WaT 226. 136 Seiten

Robert Pinget
Ohne Antwort
Als Monsieur Traum zu schreiben begann: Robert Pingets erster Roman über ein heiteres, besinnliches, sonniges Kleinstadtinferno – ein endloser Brief, der niemals abgeschickt, in dem aber alles gesagt wird, und der die Bilderwelt aus dem Kino Jacques Tatis als literarisches Kunststück vorführt.
SVLTO. Rotes Leinen. 112 Seiten

Boris Vian
Der Schaum der Tage
Ein Roman, in dem der literarische Witz die Gesellschaft unterhält und untergräbt – der Kultroman über eine seltsame Liebe, voller sprachlicher Erfindungen und phantastischer Gegebenheiten.
Gebunden, 180 Seiten

Wüst ist auch schön!
Französische Liebesgeschichten
erschien 1996 als 58. *SVLTO*

Verlag Klaus Wagenbach, Ahornstraße 4, 10787 Berlin
Einbandgestaltung von Rainer Groothuis
unter Verwendung einer Zeichnung von Ela Strickert
Gesetzt aus der Borgis Galliard von der Offizin Götz Gorissen
Druck und Bindung durch Clausen & Bosse, Leck
Leinen von Herzog, Beimerstetten
Gedruckt auf chlor- und säurefreiem Papier

ISBN 3 8031 1157 9